O último folião

Paulo Levy

O último folião

BÚSSOLA

Artista plástico - máscara
Jubileu – Paraty

Foto de Capa
Threreza Levy

Revisão
Editora Bússola

Capa e editoração eletrônica
Editora Bússola

Dados Internacionais de Catalogação na Publicação (CIP)
(Câmara Brasileira do Livro, SP, Brasil)

Levy, Paulo, 1967-
O último folião / Paulo Levy. -- São Paulo:
Bússola, 2020.

ISBN 978-65-86710-02-1

1. Ficção policial e de mistério (Literatura brasileira) I. Título.

20-36080 CDD-869.93

Índices para catálogo sistemático:
1. Ficção policial e de mistério : Literatura brasileira 869.93
Cibele Maria Dias - Bibliotecária - CRB-8/9427

Aos meus guias,
vovô Eduardo e tia Carminha.

"Nada lhe posso dar que já não exista em você mesmo.
Não posso abrir-lhe outro mundo de imagens além
daquele que há em sua própria alma. Nada lhe posso
dar a não ser a oportunidade, o impulso, a chave.
Eu o ajudarei a tornar visível o seu próprio mundo,
e isso é tudo."

Herman Hesse

Capítulo 1

A tela do celular se acendeu, um lampejo frio e intenso. Nada mais. Nenhum som ou vibração.

Ele não chegou a se preocupar com isso mas, cauteloso, resolveu dar atenção a um pensamento: analisar a cobertura de madeira maciça da sacada. Não havia por onde a luz passar. Talvez pelos desenhos recortados nas laterais.

Improvável, concluiu.

Com jeito, trouxe o fuzil para junto do corpo, enfiou a ponta do silenciador num dos recortes e encostou o olho no visor da luneta.

Num canto da mente, considerou ínfima a possibilidade de que alguém, na balbúrdia da rua logo abaixo, pudesse se incomodar com uma luzinha num dos terraços da Casa da Cultura, o mais próximo da esquina – e o único dos cinco virados para a Rua Dr. Samuel Costa com as portas-balcão abertas. As outras quatro estavam fechadas, trancadas, assim como as quatro viradas para a Rua Dona Geralda.

Enfim, nada demais.

No escuro, deitado de bruços no terraço estreito, varreu, rua acima, a Samuel Costa com a alça de mira até ter a visão bloqueada pelo paredão da Igreja do Rosário, na Rua do Comércio, na transversal, lá no fim.

Levou o pensamento para o carnaval correndo solto pelo Centro Histórico e concluiu que a festa desempenharia papel principal em todo o plano; samba, álcool, euforia e a aura de libertinagem embalavam os foliões numa espécie de transe coletivo, o que certamente ajudaria a distrair a multidão.

Pensou então nos visitantes da exposição instalada no andar de baixo, o térreo, sem acesso ao pavilhão superior. A plaqueta pendurada do lado de fora da porta, na subida da escada, deixava claro que o espaço estaria indisponível por toda a semana, coisa que volta e meia acontecia, e sempre entre a desmontagem de uma mostra e a montagem de outra.

Era justamente o caso.

Não sabiam, porém, que um homem havia se trancado ali, um assassino, um *sniper* sob contrato.

A constatação sequer alterou seus batimentos cardíacos calmos e estáveis, a consciência alerta, a musculatura relaxada, porém pronta para a ação.

Levou o pensamento para a chave deixada pelo lado de dentro da fechadura. Um das suas intenções era evitar que um funcionário curioso entrasse de supetão. Ele preferiu acreditar que ninguém se atreveria a forçar a porta tarde da noite, mesmo sabendo que casais desesperados por sexo são capazes de manobras absurdas para conseguir um lugar para transar. Especialmente no carnaval.

Uma ligeira irritação emergiu. Era um risco a correr.

Levemente contrariado por suas breves ponderações, afastou o nervosismo, descolou o olho da luneta, digitou a senha do celular e entrou no WhatsApp. A mensagem do seu contato estava lá, a única que ele recebera. Abriu-a e a foto de um homem surgiu. Ampliou-a com os dedos, estudou em detalhe a fisionomia da sua vítima e leu a mensagem logo abaixo: "Sem fantasia. 10 minutos pela direita na Rua do Comércio."

Usar o WhatsApp não fora uma escolha aleatória. As mensagens enviadas pelo app são protegidas por criptografia de ponta-a-ponta, o que significa que elas não podem ser lidas por ninguém além dele e do emissor.

Todo o cuidado é pouco.

Satisfeito, desligou o celular e guardou-o no bolso do colete, o do peito. Esquecê-lo, ou mesmo perdê-lo, poderia lhe trazer uma tremenda dor de cabeça. Mas ele havia tomado medidas básicas para não ser rastreado caso isso acontecesse: o equipamento fora roubado, o chip comprado numa banca de jornal e o CPF de uma pessoa falecida usada para dar-lhe acesso à linha e à internet – tudo incluído num plano pré-pago de R$50,00.

E havia as luvas táticas nas mãos, que impediam a impressão de digitais.

Dez minutos, então.

Com um movimento preciso da mão direita, puxou o ferrolho da arma e o projétil subiu do carregador. Empurrou o ferrolho e pronto. Engatilhada.

Como de costume, fez uma última verificação do equipamento e ficou tranquilo. Afinal, foi-lhe fornecida uma arma que estava acostumado a usar, a Blaser R93 LRS2 de fabricação Alemã, e usada pelas polícias alemã e holandesa.

Ateve-se à munição supersônica .338 Lapua Magnun HPBT Sniper 1 ideal para alvos a até 1.800 metros. Imaginou o som abafado do projétil e a fagulha quase imperceptível do disparo na ponta do silenciador.

A escolha não poderia ter sido melhor.

Levantou os olhos para o céu escuro, para a noite que avançava rumo à madrugada e em seguida para a luz da rua e do comércio em volta. Havia claridade suficiente para ele reconhecer seu alvo. No entanto, por precaução, e para evitar um imprevisto como queda de energia – frequente na cidade – ele acoplara ao fuzil uma luneta Nightforce Newdot com 56mm de boca e retículo iluminado.

Seu alvo não escaparia mesmo com Palmyra às escuras.

Pressionou então a coronha contra o ombro, encostou o olho no visor da luneta e mediu a distância exata até a parede da Igreja do Rosário, a maior distância entre ele e a vítima: 188 metros. Ele havia contado 184 no percurso feito a pé, no dia anterior.

Um erro sem importância.

De leve, sorriu.

Num rasgo de pensamento, chegou a considerar a temperatura ambiente, cravada em 28ºC. Logo afastou a variável da mente. A distância era curta. Esse fator em nada alteraria o trajeto da bala.

Concentrou-se no vento e na eventual necessidade de compensação na mira, mas logo desconsiderou essa variável também. As folhas das imensas palmeiras imperiais atrás da igreja sequer balançavam. E mesmo que houvesse um fiapo de brisa, o projétil viajaria enclausurado no ambiente protegido da rua e longe de qualquer deslocamento de ar.

Não havia risco de desvio de trajetória.

Olhou o relógio. Cinco minutos se passaram. Voltou a enfiar o olho na luneta, o dedo ainda fora do gatilho, e se concentrou em estudar as pessoas que entravam em sua cruzeta de mira na Rua do Comércio, pela esquerda.

Ficou ligeiramente preocupado com a aglomeração do público.

Identificar sua vítima nessas condições não seria fácil. Muito diferente dos alvos imóveis a que está acostumado a acertar nos estandes de tiro.

Mas as condições eram essas. Não havia tempo para reclamação ou mesmo desistir do trabalho. O dinheiro era bom, mais do que ele esperava ganhar, e a bolada já havia sido depositada em sua conta bancária. Além do mais, ele prometera um Xbox ao filho e uma sessão de reflexos no cabeleireiro para a mulher.

Devolver a grana estava fora de questão.

Firmou a atenção no público.

Uma mulher obesa saíra da sorveteria com um copinho nas mãos; uma criança, sentada nos ombros de um homem, ria sem parar; um casal trocava beijos ardorosos; gente de diferentes raças, nacionalidades e cores zanzava de um lado a outro na rua que ele agora espiava.

Nada da sua vítima.

Parecendo disparos de metralhadoras e canhões misturados, ecoavam ao fundo, e cada vez mais perto, os batuques de um samba-enredo qualquer.

Para aumentar o número de pessoas em seu campo de visão, resolveu diminuir o zoom da luneta. Enquanto ajustava o equipamento, um bloco de samba surgiu pela esquerda, lá adiante, na esquina da Dr. Samuel Costa com a Rua do Comércio, na verdade um amontoado de gente golpeando caixas, surdos, pandeiros e tamborins.

Uma aflição súbita emergiu. Seu alvo poderia facilmente sumir ali no meio.

Pelo canto de olho, reparou que a tela do celular se acendeu novamente, no bolso dessa vez. Ele afastou o rosto da luneta, pegou o aparelho, entrou no WhatsApp e leu a nova mensagem: "Mais cedo". Recado dado.

Voltou a guardar o aparelho, destravou o gatilho, gentilmente envolveu-o com o indicador direito, firmou a mão esquerda no guardamão e enfiou o olho na luneta mais uma vez.

De um a um, foi estudando como podia a fisionomia dos sambistas, assim como o público passante. Se ele ao menos soubesse de alguma característica que destacasse seu alvo da multidão como a cor da roupa ou um penteado inusitado, a identificação seria mais fácil. Não era o caso. A informação passada era a de um homem moreno, de nariz adunco e usando óculos de aro de tartaruga.

Nada mais. E a foto na mensagem não estava lá essas coisas.

Ajudava o fato de ele não precisar varrer o turbilhão de gente com o visor da luneta, uma vez que as pessoas passavam diante da mira na velocidade de um filme em câmera lenta. Mas ele sabia que, assim que identificasse sua vítima, teria apenas alguns segundos para ajustar a pontaria e apertar o gatilho, pois a distância de uma esquina e outra não chegava a onze metros.

Enfim, muita gente para pouco tempo.

Passado o grupo de samba, manteve sob foco cada um dos rostos que entravam em seu campo de visão, sem deixar que ninguém lhe escapasse.

Homem alto. Não. Mulher, mulher, mulher. Homem baixo, não. Homem alto, loiro, não. De repente, seu alvo. Sim, ele, e a meio caminho de sumir de vista, misturado à multidão, girando, sambando, o braço esquerdo levantado e o direito sobre os ombros de uma mulher – linda, aliás. Mais três, quatro voltas e ele sumiria na esquina oposta. E adeus à missão e à grana na conta.

Calmamente respirou fundo e murmurou de si para si:

– *Mushin no shin**.

O termo zen, aprendido e praticado à exaustão em seus anos de treinamento, absorveu o turbilhão de pensamentos como uma esponja de banho absorve água. De espírito e mente limpos, foi tomado pelas mesmas sensações que sempre antecediam cada disparo: o tempo se estende, as perspectivas se estreitam, o homem do outro lado da mira perde sua humanidade e transforma-se num alvo móvel e mecanicamente articulado, e ele, do lado de cá, transfigura-se numa máquina letal.

Segurou o ar nos pulmões e se ateve às batidas calmas e ritmadas do coração; tun-tun, tun-tun, tun-tun...

A consciência aguçada mantinha sobre a vítima a mesma atenção implacável de uma serpente sobre a presa. Intuitivamente, ele procurava antecipar cada movimento do alvo, cada pulo, cada giro, com o dedo firme no gatilho à espera do momento ideal para o disparo definitivo, absoluto.

Um pequeno erro de cálculo e a missão estaria perdida.

Ele considerava três opções de tiro: acertar uma extremidade, como um braço ou uma perna. A opção mais arriscada. Errar uma artéria principal significaria ter de esperar entre 10, 20 minutos para o sujeito sangrar até a morte. No meio da cidade, como era o caso, era grande a possibilidade de alguém aparecer para ajudá-lo a estancar a hemorragia e levá-lo à Unidade de Pronto Atendimento, a UPA de Palmyra, a menos de quinhentos metros dali.

De imediato, descartou essa alternativa.

A segunda opção, a mais fácil, era atingir seu alvo no tronco. De onde ele estava, a bala desceria e poderia fraturar uma costela e atingir um órgão vital como coração, pulmões, ou mesmo uma artéria. Sem falar em alguém mais na multidão.

* Mente sem a mente.

E havia a terceira opção, a medalha de ouro, o tiro mais difícil, na cabeça, de qualquer ângulo. Nesse caso, o sujeito morre antes mesmo do cérebro processar o que aconteceu.

Ele não pensou muito para decidir.

Pacientemente, aguardou.

Num lance de sorte, a mulher estacou no meio da rua e o homem fez o mesmo.

Tun – apertou o gatilho – tun.

Um tranco seco.

O barulho da rua ajudou a escamotear o estampido do tiro, suprimido também pela bala especial e pelo silenciador.

Viajando a alucinantes 850 metros por segundo, o projétil levou menos de um quarto de segundo para atingir e atravessar a pele entre as sobrancelhas, o osso frontal – um trem de energia e potência –, transformar o cérebro numa pasta e arrancar a tampa da parte de trás do crânio ao sair.

Um tiro preciso e devastador. O homem desabou no chão como uma marionete sem os fios. Ninguém mais foi ferido.

Com o olho ainda na mira, o atirador viu a multidão se abrir com efeito similar a uma gota de detergente despejada numa lâmina de gordura na água.

A mulher permaneceu de pé, imóvel, o olhar assombrado, o rosto salpicado de sangue. Ao voltar-se para o corpo no chão, ela levou as mãos à cabeça e soltou um grito estridente e desesperado. O povo seguiu-a na gritaria e pôs-se a correr para todos os lados como formigas agitadas. Vendo-se sozinha, abandonada, ela escolheu uma direção, correu e logo sumiu de vista.

O *sniper* calmamente baixou a mira e procurou detectar qualquer movimento do seu alvo no chão. Se fosse preciso, daria um segundo tiro para terminar o serviço. Ele queria evitar isso, especialmente por que temia que o cartucho vazio, ao ser cuspido da arma ao ser recarregada, pudesse cair na rua por um dos recortes da sacada. Essa seria uma prova irrefutável que complicaria sua vida numa investigação.

Aguardou alguns segundos e, satisfeito, levantou a mira e fixou-se na mancha de sangue na parede da igreja — uma tenebrosa pintura expressionista.

Afastou o olho da luneta e puxou a arma para si; tirou o celular do bolso, digitou a senha e entrou no WhatsApp. Os dedos ágeis escreveram e enviaram uma mensagem de apenas cinco letras: "Feito". Guardou o aparelho no bolso e sorrateiramente serpenteou para dentro do salão com a arma em punho. Certificou-se de não ter deixado nada para trás e lentamente fechou e trancou a porta-balcão.

Engolido pela escuridão, ele acendeu a lanterninha presa ao colete, habilmente guardou a arma no *case* Pelican e vestiu-o nos ombros como uma mochila.

A passos leves e cuidadosos sobre o piso de tábuas, atravessou o salão, ajoelhou-se, apagou a lanterna e destrancou devagar a porta-balcão do canto oposto, a mais próxima do vizinho na Rua Samuel Costa. As dobradiças da primeira folha produziram um som áspero e pungente, como um xingamento. Paralisado, de joelhos, diante de um estreito facho de luz, os olhos arregalados, o ouvido atento a qualquer som vindo de dentro da Casa da Cultura, aguardou.

Ao se sentir seguro de que o barulho não identificara sua presença clandestina, abriu completamente a porta, agachou-se e estudou, pelos buracos da sacada de ambos os lados, os movimentos do povo caindo fora dali. No momento oportuno, encostou a porta atrás de si, pôs-se em pé e pulou como um gato para o telhado da casa vizinha. E de lá, para a escuridão da noite.

Diante da Igreja do Rosário, no chão, um par de óculos e o corpo inerte de homem se esvaindo em sangue pelo orifício da testa e pelo rombo na nuca.

O último folião.

Capítulo 2

O primeiro berro saiu carregado de estática. As luzinhas de alerta da babá eletrônica se acenderam de uma vez, banhando a escuridão de um cintilar amarelado.

Embrulhado em sono profundo, as cobertas amarfanhadas em volta do corpo, Dornelas demorou para atinar para Helena, a filha de apenas cinco dias, esperneando em seu berço, no quarto ao fim do corredor.

Empreendendo uma força terrível, a consciência rastejando para fora da massa pantanosa dos sonhos, ele esticou o braço e cutucou Dulce nas nádegas como se apertasse a uma campainha. A mulher resmungou, mas não se mexeu.

Dornelas bufou.

Com dois filhos na adolescência, ele havia esquecido da chatice que era ouvir um bebê chorando a plenos pulmões. E a cada vez, por fome ou fralda suja, uma irritação animalesca emergia. Seja por ter chegado ao auge da meia-idade, ou por qualquer outro motivo sem importância, ele se culpava por isso, pois se via dividido entre o imenso amor pela filha e o desespero que o choro lhe causava.

Um segundo berro, ainda mais estridente que o primeiro, ecoou pelo quarto.

Amor ou chateação, não soube bem qual, impulsionou-o a se levantar, desligar a babá eletrônica e se arrastar para o quarto do bebê.

Um, dois, três, quatro passos e, a meio caminho de lá, seu celular tocou no criado-mudo. Dornelas estacou e um pensamento instigante, senão maligno, surgiu. Uma ligação no meio da madrugada significa apenas uma coisa: um crime a ser resolvido. E agora?

Dividido entre os berros da filha e o canto lamuriento da seriema, o ringtone que ele instalara no celular, Dornelas avançou para o quarto de Helena, tirou-a com cuidado do berço e aninhou-a entre os braços para um odor pungente de fezes, misturado com leite azedo, subir-lhe pelas narinas.

Instintivamente, empinou o nariz, virou o rosto, sem sucesso.

O celular tocava sem parar.

Com a filha no colo e envolto pelo aroma denso da fralda, o delegado voltou ao seu quarto, acendeu a luz do abajur e sentou na beira da cama. No colo do pai, Helena parou de berrar, mas ranhetava. Foi o suficiente para se deflagrar uma reação em cadeia no quarto.

Atendendo a um chamado íntimo e primitivo, Dulce começou a se mexer. Hitchcock, o gato que dormia coladinho nela, foi puxado pelas cobertas e se contorceu no lugar; Lupi, debaixo da cama, arrastou as patinhas no piso de tábuas e colocou a cabeça para fora da saia da cama, como uma tartaruga. Com a mão livre, Dornelas atendeu à ligação:

– Arrã!

– Deu merda no carnaval, doutor – disse Solano, do outro lado da linha.

De um jeito estranho, o cheiro da fralda acabou dando consistência e forma ao que o subordinado dizia. A imagem de uma das máscaras fantasmagóricas do bloco Foliões Mascarados que ele vira pelas ruas do Centro Histórico, na noite anterior, foi projetada em sua tela mental.

– Que tipo de merda?

Helena soltou um berro altíssimo.

– Quer que eu ligue depois? – perguntou o investigador, ciente do embaraço em que o chefe se encontrava.

Dornelas prendeu o celular entre a orelha e o ombro, esticou o braço e cutucou Dulce mais uma vez. Tomada por um impulso mamífero mais poderoso que o sono, a mulher começou a se arrastar por cima das cobertas como um náufrago apalpando terra firme.

– Não, não. Pode falar.

– Mataram um sujeito, doutor. Um tirombaço. Ninguém sabe de onde veio ou quem disparou.

– Onde?

– Na testa.

– Onde na cidade?

– Ah, em frente à igreja do Rosário.

Sonolenta e desgrenhada, Dulce surgiu ao seu lado como um fantasma, ficou de pé, tomou-lhe o bebê do colo e caminhou para o quarto da filha.

– Merda – disse, enquanto o odor da fralda, ao ser levado para longe, aos poucos se dissipava. Pensou no Centro Histórico, o coração da cidade, o centro nervoso para onde tudo converge em Palmyra, e a palavra *merda* ecoou outra vez em sua mente.

– Quem está cuidando do lugar?

– A PM. Estou a caminho de lá.

– Alguém chamou os bombeiros, o Chagas?

– Lotufo.

– Ótimo. Ele fica na delegacia?

– Sim, senhor.

– Nos vemos em meia hora, então.

Desligou.

Com um movimento pesado do braço, colocou o celular no criado-mudo, depois se levantou e ganhou o corredor. Ao entrar na penumbra do quarto da filha, teve a sensação de ter entrado em um caminhão de lixo, e encontrou Dulce de costas, os braços se movendo com destreza diante do trocador. Sem sequer olhar para o marido, ela apenas disse:

– Pode ir. Resolvo aqui.

As palavras da mulher, solenes e firmes, o fizeram se encolher no lugar. Por respeito e para não agitar ainda mais o ambiente, Dornelas recuou em silêncio, deu as costas para as duas e, a caminho do seu banheiro, questionou-se com a nuvenzinha negra da culpa em formação sobre a cabeça: que espécie de pai abandona a filha de apenas cinco dias para atender a um chamado policial às quatro da madrugada?

Mergulhado em pensamentos, vestiu-se de modo mecânico, os braços e pernas em movimentos involuntários como as batidas do próprio coração.

Deu-se conta disso minutos mais tarde, quando se deparou com a expressão cansada do próprio rosto no espelho da sala. Estudou as olheiras escuras, as entradas na testa, os cabelos mais longos e grisalhos e lembrou de uma frase em *Walden*, de Thoreau: os homens levam sua vida num quieto desespero.

Abriu a gaveta da mesinha e de lá tirou o coldre com a Glock 9mm, o distintivo e o molho de chaves, incluindo a do carro. Com um bebê em casa, foi-se o tempo de caminhadas meditativas para a delegacia.

Resoluto, prendeu a fivela do coldre no cinto, passou a correntinha com o distintivo em volta do pescoço, ajeitou a peça no peito e abriu a porta. Ao chegar à rua, foi como que abraçado pela lufada fresca e revigorante da brisa da madrugada.

Ele não via a hora de voltar ao trabalho.

★

As pedras arredondadas do piso se assemelhavam a ilhotas em meio à imensa poça de sangue. Talvez por prática, frieza ou controle emocional, o buraco na testa e a expressão de boneco do olho esquerdo impressionaram menos Dornelas do que a posição do direito, pendurado pelo espesso feixe de nervos sobre a bochecha ensanguentada. Mas nada comparado ao rombo na nuca.

No lugar da tampa posterior do crânio, havia uma cavidade de dez centímetros de diâmetro e um punho fechado de profundidade.

Sua reação à brutalidade foi automática. Num rodopio de emoções e pensamentos, Dornelas percebeu que para se proteger do choque, seu inconsciente substituiu a imagem real por uma versão fabricada pela memória, plástica e artificial, como a de um desenho animado. De um segundo a outro, o corpo contorcido no chão se transformou num robô em tamanho humano, e a parte de trás da cabeça nada mais do que uma abertura para o reparo nos circuitos.

Ele jamais vira algo parecido em Palmyra.

Atônito, deu um passo atrás e levantou o olhar sonolento e um tanto perturbado para Solano. O subordinado ergueu as sobrancelhas e franziu a boca como que dizendo *e agora?*

Sem saber por onde começar, Dornelas espiou em volta à procura de uma pista ou indicação do caminho a seguir. Varreu com os olhos as faixas plásticas que perambulavam ao vento e limitavam o acesso do público; dois PM conversavam; as luzes da viatura coloriam as paredes brancas das casas ao redor; mais adiante, um casal de curiosos de olhares esbugalhados tirava fotos com os celulares. Foi quando sua atenção se concentrou na mancha de sangue na parede da igreja.

Dornelas caminhou até lá sob o olhar atento de Solano e estacou diante de um micro arquipélago de sangue e cérebro. Analisou tudo criteriosamente e seu olhar foi sugado para o centro, onde havia um buraco afunilado na argamassa — do diâmetro de uma bola de tênis — que se aprofundava alguns centímetros no tijolo. O mais estranho, na altura da sua barriga. Agachou-se, olhou dentro dele e gritou:

— Solano!

Acionado pelo grito do chefe, o investigador respondeu:

— Diga, doutor.

Sem tirar a atenção da parede, Dornelas instruiu:

— Vá para perto dos pés do sujeito e olhe para o fim da rua.

Conhecedor das artimanhas do delegado, Solano fez o que ele pediu sem questionar. Dornelas então postou os olhos na altura do buraco, virou a cabeça e olhou para a nuca de Solano. Depois, inclinou o corpo um pouco para o lado, deu uns descontos e imaginou uma trajetória aproximada que terminava em algum lugar no fim do quarteirão.

Levantou-se.

— Cadê o Chagas? — esbravejou.

Solano deu meia volta, olhou para ele e espalmou as mãos para o alto. Dornelas sacou o celular do bolso e, da tecla rápida, ligou para o chefe da Perícia. Dois toques e uma voz pastosa respondeu:

— Aloa.

— Tá de pé, Bela Adormecida?

— Tô quase aí, doutor.

— Em quanto tempo?

— Quinze minutos, meia hora...

Num país onde a novela das 20h começa às 21h e chegar na hora para um compromisso social é considerado falta de etiqueta, para Dornelas a medida de tempo de Chagas não era exceção.

— Não estarei aqui quando chegar. Por isso, concentre-se na bala enfiada na parede da igreja do Rosário. Quero saber o calibre, a marca da arma e a trajetória do disparo.

— Pode deixar.

Desligou e voltou-se para Solano, que o observava como um cão à espera de um biscoito.

— E você — disse para o subordinado —, quero saber tudo sobre esse sujeito: quem é, de onde veio, o que faz, onde mora, se está hospedado em algum hotel ou não, pai de quem, filho de quem, quantos pentelhos tem no cu... tudo.

— Mas quem fica aqui?

— Vire-se.

Assunto encerrado.

Dornelas deu-lhe as costas e iniciou um giro de 360º no lugar. Vistoriou, uma por uma, as paredes de todas as casas e as cimalhas de todos os telhados à procura de câmeras de vigilância.

Nada.

Voltou-se para Solano.

– Você conseguiu arrolar alguma testemunha?

– Nenhuma. Quando cheguei, encontrei apenas a viatura da PM, os dois soldados e o sujeito no chão. Aliás, sem documento algum.

– Lotufo está sozinho na delegacia?

– Arrã.

– Peça para o Caparrós ajudar.

– Tá em férias.

– Chame a Jaque, então. Tenho certeza de que nas próximas horas vai aparecer alguém que viu o que aconteceu.

Solano nada disse, apenas virou-se, tirou o celular do bolso e fez a ligação. Enquanto ouvia ao fundo os murmúrios do investigador, Dornelas sentiu os pés como que fincando raízes no chão, uma sensação física que ele conhecia bem e que, com o tempo, e a idade, passou a respeitar. Sentindo-se um monólito de carne, ossos e consciência, atentou para a voz suave e quase inaudível emergindo dos recônditos do espírito e que dizia: fim do quarteirão.

Como um boneco articulado, e cuidadoso para não perder a conexão do espírito com a consciência, Dornelas saiu caminhando devagar, rua abaixo pela Dr. Samuel Costa, dando as costas para Solano, os PMs e a cena do crime.

Conforme se afastava, o delegado foi se entregando às diretrizes da intuição. Olhando para o chão, não mais que um metro à frente dos pés, foi avançando devagar sem perder um detalhe sequer. A mente, como uma máquina fotográfica poderosa, registrava cada objeto no caminho: uma bituca de cigarro, uma sandália abandonada, um preservativo usado, uma lata de cerveja vazia.

Ao chegar à esquina da Dr. Samuel Costa com a Dona Geralda, na tela da mente ele refez, de trás para frente, a trajetória da bala saindo da parede da igreja, subindo num aclive invisível até chegar a algum lugar no alto, de onde teria sido disparada. Olhou os imóveis em volta e notou que três das quatro casas da esquina eram térreas, duas delas lojas e uma, residência.

Avançou a análise para os imóveis adiante e viu que eram todos térreos.

Respondendo a mais um impulso do espírito, girou sob os calcanhares e olhou para os terraços da Casa da Cultura, o único sobrado da rua.

Capítulo 3

F.EM 1754
1R. 1791
2.R. 1860

Os olhos varreram as letras e números do brasão sem se ater a qualquer significado ou referência. Uma memória solitária chegou a avisar-lhe de que se tratava da data de construção e das reformas do imóvel. Dornelas não quis avançar no raciocínio. Esse pensamento era inútil, não o levaria a nada. Preferiu se concentrar numa solução para abrir a porta principal, logo abaixo, sem ter de esperar a abertura oficial, prevista para dali três horas.

A primeira ideia foi a de chamar um chaveiro. Ele conhecia um sujeito manhoso que, até onde sabia, trabalhava do lado certo da lei e era capaz de abrir qualquer tranca em questão de segundos. Ponderou as implicações disso num processo policial. Caso encontrasse algo significativo no andar de cima, a entrada forçada seria enquadrada como abuso de autoridade e as provas colhidas, se é que existiam, seriam anuladas num julgamento. E se fosse considerado o agravante de que ele, um funcionário público, havia arrombado as portas de um imóvel público sem a autorização de um juiz, adeus à sua credibilidade como delegado.

– Juiz! – sussurrou para si com o ímpeto de ter descoberto uma senha secreta. Tirou o celular do bolso e passou a procurar o número do juiz Souza Botelho. Enquanto o dedo deslizava veloz sobre a tela do aparelho, se deu conta de que o *empadão de uísque*, como era conhecido o juiz à boca pequena nos corredores do fórum, é dado a resolver as coisas a seu modo e ritmo, e é demorado como uma lesma.

Um pentelho da lei.

Além do mais, não seria fácil tirá-lo da cama às 6 da manhã de uma segunda-feira de carnaval. Se é que ele estava em Palmyra.

Contrafeito, recuou.

Num lampejo, lembrou que tinha o número do celular do atual Secretário de Cultura.

Nada feito.

O sujeito era um incompetente conhecido e liso como um bagre.

Um burocrata nato.

Caso conseguisse colocá-lo de fato na linha, Dornelas seria forçado a lidar com uma fila interminável de assessores e assistentes, o que certamente tomaria mais tempo do que as três horas que faltavam para a abertura oficial da Casa da Cultura.

Pensou em voltar para casa e, quem sabe, comer alguma coisa. Seu goró talvez, o mingau, mas desistiu. Dulce, marinheira de primeira viagem no oceano da maternidade, fase da vida em que tudo é novo, doce e desafiante, certamente apareceria com alguma tarefa chata para ele cumprir. E ele, calejado na paternidade, bem sabia que o mar é sempre salgado para um marinheiro experiente.

Frustrado, e sentindo-se ligeiramente abandonado, girou sobre os calcanhares, levantou o braço e, ao preparar um grito para Solano, se conteve. O subordinado desenvolvia uma conversa com dois bombeiros ao lado do cadáver. Na certa tinham chegado enquanto ele, delegado, maquinava como entrar na Casa da Cultura. Dornelas tirou o celular do bolso e ligou para o investigador.

— Já querem levar o corpo? — disse, assim que Solano atendeu.

— Estão com pressa, doutor.

— Do quê?

— Sei lá. Disseram que se não levarem agora só vão poder voltar depois do almoço. Não vale um papo com o coronel Furtado?

— Nah! Peça para eles esperarem um pouco. O Chagas deve chegar a qualquer momento. Se mesmo assim não quiserem esperar, diga que assim que o primeiro jornalista me procurar, vou botar a culpa no Corpo de Bombeiros por ter deixado um presunto no Centro Histórico em pleno carnaval.

— Deixe comigo.

Assim que se preparava para desligar, retomou:

— Ah, outra coisa. Dê um jeito de cobrir a parede da igreja e manter a área isolada depois do Chagas terminar.

— Arrã.

Dornelas desligou. Com a equipe enxuta, Caparrós em férias, o vice-delegado viajando e as portas escancaradas para o azar, a única alternativa era aguardar um funcionário da Casa da Cultura. Sentou num dos degraus da loja em frente e resolveu tirar um cochilo.

★

Seguia um tucano em voo. A ave o guiava para dentro de uma floresta densa. O aroma úmido de mata virgem era palpável. Em dado momento, Dornelas sentiu uma pressão no ombro direito e estacou, assustado. O tucano seguiu em voo, pousou num galho mais adiante e virou a cabeça, o olho preto envolto pela pálpebra azulada a estudá-lo, o imenso bico amarelo levantado no ar. O delegado quis retomar a jornada, mas a pressão aumentou, dessa vez seguida de duas palavras:

— Doutor! Doutor!

Dornelas abriu os olhos bem devagar e deu de cara com uma imagem embaçada em forma de gente, a mão cada vez mais próxima até pousar sobre seu ombro. Confuso, o olhar subiu pelo braço e estacionou num rosto conhecido.

— O que você quer? — balbuciou.

— Deu pra dormir na rua agora, doutor?

A voz também era conhecida, conhecidíssima até. A mente, nem lá e nem cá entre o sonho e a realidade, demorou para atinar que Neide, a faxineira da sua casa, estava de pé diante dele.

— Dona Dulce botou o senhor pra correr?

Foram precisos alguns segundos para ele se conscientizar da própria situação. A mente foi capaz de produzir apenas uma pergunta, que disparou sem pensar:

– O que você está fazendo aqui?

A mulher, debruçada sobre ele, endireitou-se no lugar e fincou as mãos na cintura.

– Vim cobrir o serviço da minha sobrinha. Ela abre a Casa da Cultura para fazer a faxina – Dornelas coçou os olhos com as mãos. Neide prosseguiu: – Mas como ela tomou um fogaréu ontem à noite, e tá largada na cama cuspindo os buchos, vim cobrir o horário dela antes de ir para a casa do senhor.

Dornelas foi tomado por um surto de animação e ficou de pé num salto.

– Você tem a chave daquela porta? – apontou para a entrada da Casa da Cultura.

Neide enfiou a mão num dos bolsos do avental e de lá tirou um molho de chaves desgastadas. Dornelas a envolveu num abraço e a conduziu para a porta principal. Disse:

– Por favor, abra.

Neide estudou o molho entre os dedos, escolheu uma chave e enfiou-a na fechadura. Errada. Outra. Errada também. A terceira, enfim, destrancou a porta.

– Não toque em nada – disse o delegado antes de entrar como um raio e ir direto para o banheiro. Neide fez que sim com a cabeça, não saiu do lugar e enterrou as mãos nos bolsos do avental.

Segundos depois, ele surgiu com um tufinho de papel higiênico na mão e parou diante da porta de acesso para o andar superior; leu a mensagem da plaqueta presa à porta – Acesso Restrito – envolveu a pontinha da alavanca da fechadura com o papel e empurrou-a para baixo e para frente.

Trancada.

Tirou o celular do bolso, ligou a lanterna, abaixou-se e olhou pelo buraco da fechadura. Havia uma chave enfiada ali, das antigas, pelo lado de dentro. Desligou a lanterna, se levantou e fez uma ligação. Seis toques, caixa postal. Tentou novamente. No terceiro, uma voz grave, semelhante ao gorgolejo de um escapamento furado cuspiu:

– Arrã?

– Doutor Souza Botelho?

– Eu. Quem?

– Dornelas aqui.

– Ah, o delegado. Que horas são?

Dornelas olhou o relógio de pulso.

– Seis e vinte.

– Humpf! O que foi dessa vez?

– Um crime.

– E o senhor alguma vez me ligou para outra coisa, delegado?

– Sinto que não.

Dornelas se preparava para explicar o que estava acontecendo quando o juiz cortou-o na raiz.

– Do que o senhor precisa?

– Um mandado de busca para a Casa da Cultura. Nessa madrugada houve um disparo de longa distância de um dos terraços. Tenho o corpo de um homem sem parte do cérebro a duzentos metros daqui.

Pelo tumulto do outro lado da linha, um urro, depois uma sucessão de rangidos, Dornelas imaginou um gorila se debatendo em mato alto e, quem sabe, despedaçando uma árvore. Na verdade, era o juiz Souza Botelho saindo da cama, lutando com as cobertas. Depois do breve espetáculo sonoro, o homenzarrão voltou à linha e disse, ofegante:

– Meus Deus.

– Uma cena brutal – completou o delegado, certo de que havia capturado a atenção do juiz.

– Em que lugar da cidade?

– Em frente à igreja do Rosário.

– Em pleno carnaval... – disse de modo dramático, o juiz. Dornelas deixou-o divagar um pouco. Depois de um breve silêncio, o homem voltou à conversa: – Venha para cá imediatamente. Não toque a campainha. Vou deixar a porta da frente destrancada. Entre devagar e vá direto para o escritório. Noquinha e a cachorra estão dormindo. Se uma delas acordar, isso aqui vira um inferno.

– Estou a caminho.

Dornelas desligou e sorriu de leve, pois um pensamento divertido atravessou o cérebro: a quem o juiz se afeiçoava mais, ou menos, à mulher ou à cachorra? Enfiou o celular no bolso e foi ter com a diarista.

– Vamos sair – disse para Neide, do lado de fora, que olhou bem para ele e retrucou:

– Eu nem entrei.

Dornelas ganhou a rua e replicou:

– Melhor. Tranque essa porta e diga para quem aparecer que a Casa da Cultura vai ficar fechada o dia todo. Vou mandar um policial até aqui para isolar o acesso.

– O senhor vai mandar colocar uma daquelas faixas pretas e amarelas que a gente vê na TV?

– Sim, mas vai demorar um pouco. Você pode ficar aqui?

– Dona Dulce vai ficar uma fera comigo.

– Eu me entendo com ela.

Neide encarou-o com firmeza, estudou-o por um instante e disparou:

– Ela botou o senhor para correr, doutor?

Uma pitada de impaciência emergiu, mas o delegado apenas balançou a cabeça e disse, antes de dar-lhe as costas:

– Tranque a porta e não saia daqui.

★

De onde Dornelas estava, a casa do juiz Souza Botelho ficava naquela distância não muito precisa e que o conhecimento popular diz ideal para uma sogra chata morar: não muito perto para ela aparecer de chinelo, nem muito longe para ela surgir com uma mala.

Enfim, era necessário pegar o carro.

Com a delegacia e o local do crime sob controle, substituir Neide o mais rápido possível era uma necessidade premente. Sem isso, as ramificações do crime poderiam facilmente atingir sua vida pessoal. Dulce contava com a ajuda de Neide na cozinha e na faxina da casa, que, com um bebê recém-nascido, beira o caos.

É preciso cuidar da mãe que alimenta a criança.

A passos rápidos no piso pé-de-moleque, ligou para Jaque e deu instruções para que ela fosse imediatamente à Casa da Cultura.

— Mas, doutor, o Solano... — disse Jaque.

— Eu me entendo com ele.

★

As dobradiças da porta emitiram um rangido agudo e estridente, similar ao grasnado de um pato. Dornelas enfiou a cabeça no vão e afiou os ouvidos.

Nem um pio.

O interior da casa estava às escuras. Havia apenas uma claridade suave, difusa e amarelada banhando o piso de tijolos do outro lado da sala. Entrou, encostou a porta atrás de si e deslizou até o escritório sem emitir um ruído sequer. Estacou sob o batente e topou com uma muralha de gordura, carne e ossos, as costas envoltas pelo roupão azul marinho do juiz Souza Botelho, debruçado sobre a mesa.

— Qual o nome da vítima? — perguntou o juiz sem nem mesmo olhar para trás.

Dornelas deu dois cautelosos passos para dentro do ambiente e respondeu:

— Ainda não sabemos. Solano está à caça dessa informação.

O juiz girou sobre a cadeira, encarou o delegado com severidade e apontou para uma poltrona antes de dizer:

— Prepare-se para receber uma ligação do Secretário de Turismo. Ele acabou de assumir o cargo. Está louco para mostrar serviço.

— Tem razão — respondeu Dornelas, ajeitando-se no assento e cruzando as mãos sobre o colo. — Mais uma coisa com que me preocupar.

O juiz deu um impulso com os pés e deslizou a cadeira de rodinhas para perto de Dornelas.

— Quero contar uma história para o senhor. Talvez seja útil na investigação que estamos iniciando — disse de modo grave e dramático, o juiz. — Faz algum tempo conheci um ex-delegado de São Paulo que se intitulava como Fudêncio.

— Fudêncio — repetiu Dornelas, sem saber para onde a conversa iria desembocar.

— Isso mesmo. Sujeito interessante, um figurão do DEIC*. Pois bem, Fudêncio me contou toda sua história, disse que nasceu numa família simples do interior de São Paulo, formou-se em direito na PUC e galgou os cargos do DEIC até se tornar um dos diretores mais respeitados daquela instituição. Sua fama aumentou depois que colocou na cadeia figuras importantes do PCC. Quando o conheci, ele já havia se aposentado, mas me assegurou de que era visto como uma caixa-preta ambulante, um enorme banco de dados sobre a polícia e a política. O senhor bem sabe que ambas andam de mãos dadas. — Dornelas concordou com um movimento da cabeça. O juiz prosseguiu: — Por essa, digamos assim, ousadia de ter colocado gente do PCC na cadeia, Fudêncio foi ameaçado de morte uma infinidade de vezes. Na verdade, nem sei se ainda está vivo. Mas isso não vem ao caso.

— Acho que ouvi falar desse homem — disse Dornelas.

— Pois bem. Fudêncio, por assim dizer, tinha uma teoria que agora quero contar ao senhor: a forma como um homem morre está intimamente ligada ao seu poder de influência em vida, especialmente em se tratando da política, da polícia ou do crime organizado.

— Ele devia ter o PCC em mente quando disse isso.

— É possível mas, diante desse crime que agora bate à nossa porta, penso se ele não tinha uma ponta de razão ao criar essa teoria.

* Departamento Estadual de Investigações Criminais de SP

– O que o senhor quer dizer com isso? – perguntou Dornelas, ainda no limbo.

– Se o tiro que o senhor mencionou foi de fato disparado de longa distância, preciso a ponto de estourar os miolos de um homem, isso só poderia ter sido realizado por um profissional, um *sniper* sob contrato. De acordo?

Dornelas fez que sim com a cabeça.

– Ótimo. Então, segundo a teoria do Fudêncio, me pergunto qual era o poder de influência desse homem para ter sido assassinado dessa forma em meio ao carnaval de Palmyra?

O delegado se fechou em pensamentos.

A linha de raciocínio do juiz fazia um tremendo sentido. Contratar um *sniper* exigia sofisticação, dinheiro e um enorme poder de influência, talvez equiparado ao da vítima, ou maior. A imagem da cabeça esburacada do homem voltou-lhe à mente. Dornelas sentiu-se levemente enjoado, o que não o impediu de questionar-se: quem era ele e o que fez para ter tido o privilégio de morrer sob a mira de um *sniper*? Sim, porque morrer sob a mira de um atirador sob contrato não é coisa para qualquer pé-rapado.

Da sua parte, o juiz Souza Botelho conhecia bem o delegado a ponto de respeitar seu silêncio meditativo. Ele era sensível o suficiente para notar o impacto da sua teoria na mente de Dornelas. Era hora de deixá-lo digerir a informação em paz. Por essa razão, e sem dizer palavra, esticou o braço e lhe entregou um envelope com o mandado de busca.

Dornelas entendeu o recado, se levantou, pegou o envelope e saiu da sala a caminho da porta com aspecto severo e perscrutador. O juiz o seguiu, abriu a porta e esticou a mão. Dornelas a apertou com vigor e disse um obrigado bem baixinho antes de ganhar a rua.

Ele não queria acordar Noquinha nem a cachorra.

Capítulo 4

O celular vibrou sobre o banco do passageiro. Dornelas leu o nome no visor e resolveu estacionar o carro antes de atender. Uma ligação do chefe àquela hora da manhã significava apenas uma coisa: ele havia descoberto, sabe-se lá como, sobre o crime em Palmyra e estava ávido por informações do caso.

Assim que pôs a mão no aparelho, foi tomado por certo desânimo, não pela ligação em si, uma vez que sua relação com Amarildo Bustamente era respeitosa e permeada por profunda amizade, mas porque ela trazia a reboque a imprensa sedenta por sangue fresco.

— Bom dia, doutor — disse o delegado.

— Muito cedo para tanta formalidade, Dornelas.

— É mais forte do que eu.

— Deixa pra lá. O que você tem para me dizer sobre essa execução em Palmyra?

Dornelas chegou a pensar na palavra *execução* ao sair da casa do juiz mas, por uma razão que ainda não compreendia, evitou usá-la, por mais que fosse verdade.

— Solano está atrás da identidade da vítima.

— Esqueça Solano — o chefe o cortou. — Li na internet, uma fonte confiável, que o sujeito era um comprador de ouro e joias em São Paulo. Um tal de... — a voz de Amarildo se afastou um pouco e logo retornou: — Everaldo dos Santos.

Dornelas teve vontade de xingar a imprensa inteira por ter descoberto a identidade da vítima antes da polícia. Nesse caso, com a equipe enxuta, considerou agradecer.

Considerou, mas não o fez. E nem o faria. Jamais.

— Vou pedir para Solano confirmar essa informação.

— Faça isso.

Enquanto falava e o chefe respondia, a mente do delegado elaborava uma associação simples e rápida de palavras: São Paulo, Fudêncio, DEIC.

— Uma ideia — colocou Dornelas. — Se Solano confirmar que a vítima era um atravessador de joias roubadas de São Paulo, o senhor poderia me colocar em contato com alguém do DEIC? O juiz Souza Botelho acabou de citar um tal de Fudêncio.

— Fudêncio!? Conheço esse homem, uma lenda no DEIC, uma verdadeira caixa-preta. Faz tempo que não ouço falar dele. A última vez que ouvi, ele estava aposentado e com a saúde em frangalhos. O que você tem em mente?

— Quero saber se a vítima estava envolvida em alguma tramoia naquele Estado. E se estava, porque o mataram aqui.

— Vale ir mais a fundo nisso. Vou acionar meus contatos.

— Qualquer informação ajuda.

— Se é que eles têm. Você bem sabe que a inteligência da polícia fica na cabeça de quem investiga. E a troca de informações entre Estados inexiste. Considere a possibilidade de ter de ir a São Paulo.

Dornelas sentiu os pelos da nuca crisparem com a ideia. Por pequena e atrasada que fosse, o delegado detestava a ideia de ter de sair de Palmyra, muito menos para ter de se embrenhar na selva de pedra de São Paulo.

— Ou de eles virem para cá.

Amarildo soltou uma risada, pois sabia da aversão do subordinado por cidades grandes.

— Mais uma coisa — disse Dornelas. — Quero evitar uma coletiva de imprensa. O carnaval corre solto. Caparrós e Peixoto estão fora.

— Ok por mim. Você se entende com os jornalistas?

— Dou um jeito.

— Vou ligar para o prefeito e ver o que ele pensa disso. Você sabe que ele adora aparecer diante das câmeras.

– Mais alguma coisa?

– Está com pressa hoje.

– Acabei de chegar à delegacia. Os urubus já estão aqui.

– Boa sorte.

– Obrigado.

A voz de Amarildo sumiu. Dornelas enfiou o celular no bolso e desligou o carro que, a essa altura, já estava rodeado por jornalistas e fotógrafos. Por alguns segundos, ele se viu num daqueles filmes americanos cheios de zumbis esfomeados por carne humana.

Olhou o relógio – 8h35 – e abriu a porta.

O tumulto começou.

★

Ao sair do carro, a vontade era de levantar os cotovelos e atravessar o grupo de jornalistas com a firmeza dos barcos fura-gelo em meio as banquisas da Antártida. Em vez disso, sob uma saraivada de perguntas, tirou calmamente o celular do bolso, colou-o na orelha e se esmerou numa improvisação digna das novelas da Globo; enfiou uma das mãos no bolso da calça, pediu um minutinho aos jornalistas que, pasmos, baixaram o vozerio, e saiu caminhando devagar rumo à entrada principal enquanto dizia: "Claro, doutor. Pode deixar, vou resolver tudo". Arriscou até a dar umas gargalhadas. Ao ganhar a recepção e deixar o grupo para trás, fechou a cara, enfiou o aparelho no bolso e foi ter com Marilda, a recepcionista, que o fitava por detrás do balcão.

– Algum recado? – perguntou o delegado.

– Solano quer falar com o senhor. Pediu urgência. Disse que não consegue ligar no celular.

Dornelas tirou o aparelho do bolso novamente e se deu conta de que restava apenas dois por cento da carga da bateria. Guardou o celular no bolso e disparou sem pensar:

– Apareceu alguma testemunha para falar sobre o homem sem cérebro?

— Que horror! — retrucou a recepcionista.

— Desculpe.

— Tem esse homem aí... — disse Marilda, apontado para um sujeito sentado sozinho num dos bancos da recepção.

Dornelas girou sobre os calcanhares e, antes de se dirigir ao homem, notou que a imprensa havia ficado do lado de fora. Ao que parecia, os jornalistas haviam captado a mensagem de que o delegado não estava a fim de papo naquele momento.

Dornelas foi ter com o homem, um sujeito atarracado, musculoso e enxuto, vestindo short, camiseta e sandálias. Ele mantinha a mão direita, envolta em bandagens, protegida pela esquerda, sobre a barriga. Dos dedos livres, faltava o indicador, cujo toco estava embrulhado também. O delegado se sentou ao lado dele e disse com muito tato:

— Bom dia. O senhor viu alguma coisa?

O sujeito arregalou os olhos. Lágrimas chegaram a brotar.

— Estrelas, doutor, de tanto que doeu. Daí, eu apaguei.

Uma resposta estranha. Dornelas endireitou as costas antes de replicar:

— Me desculpe, mas qual o seu nome? E o que aconteceu?

— Douglas, doutor. — O homem levantou a mão enfaixada no ar e prosseguiu: — Fui assaltado agora de madrugada. Levaram o cartão do banco, a senha, que fui obrigado a dar senão estouravam meus miolos, e o dedo, que cortaram com um facão. Eles precisavam da digital para fazer o saque no caixa eletrônico. Três deles me seguraram. Raparam a conta, o pouco que eu tinha.

Esmorecido pela dura realidade, Dornelas evitou baixar a cabeça. Internamente, no entanto, disse um puta que pariu bem alto.

— Tem emprego?

— Sou pescador, mas com essa mão... até sarar...

— Família?

— Minha mulher, que é diarista, e minha mãe. Mas ela tá com aquela doença de nome complicado em que a pessoa esquece as coisas.

– Alzheimer.

– Essa.

– Sei como é. Minha mãe sofre disso também.

– Pois, então...

Dornelas virou-se para Marilda e perguntou:

– Hildebrando chegou?

– Ainda não. Nem sei se vem hoje.

– Ligue para a casa dele e peça para ele vir imediatamente. Ordem minha.

– Pode deixar.

Marilda levantou o fone do gancho. Dornelas voltou-se para Douglas novamente.

– Sinto muito pelo que houve. O escrivão vai fazer o boletim de ocorrência do seu caso assim que chegar. Leve esse documento ao banco e peça as imagens da câmera de segurança da agência. Acredito que com isso você consiga o dinheiro de volta. Já o dedo... Sinto muito mesmo.

Douglas levantou a mão enfaixada no ar mais uma vez e disse, exasperado:

– O banco vai ter que pagar por isso! Esse dedo vai custar caro para eles!

– Não sei quanto a isso. – Dornelas aventou uma ideia e decidiu expô-la: – Talvez um processo por danos morais... mas isso pode levar anos. O reembolso do dinheiro é o mais provável. Hildebrando vai cuidar do seu caso.

– Obrigado, doutor.

Dornelas chegou a esticar a mão para um aperto e recuou, desconcertado. Resolveu o embaraço com um afago no ombro de Douglas, que agradeceu a atenção. O delegado se levantou e foi ter com Marilda.

– Cadê o Lotufo?

A recepcionista bateu os olhos no telefone e voltou-se para o chefe.

– Na sala dele. Não sai do telefone. Passei algumas ligações de gente querendo falar sobre a execução no Centro Histórico.

Essa palavra de novo?, pensou o delegado, mas perguntou:

— Algum recado para mim?

Marilda lançou um olhar de preocupação para o chefe e falou no mesmo tom calmo e sensato que se usa com os loucos:

— So-la-no.

Dornelas deu um tapinha na testa.

— Perdão. Falta de sono. Deixa pra lá. Ligue para ele em dez minutos. Quero aterrissar na minha mesa primeiro. E por favor, peça para a padaria aqui perto entregar três pães de queijo e um copo de suco de laranja.

Dornelas puxou a carteira de um dos bolsos da calça, de lá uma nota de vinte reais e entregou-a a Marilda, que a pegou e guardou debaixo do aparelho de telefone.

De tão penalizado que estava, ao se virar uma última vez para olhar para Douglas, o delegado notou que um dos jornalistas havia sentado ao lado do homem. Pelo visto, ambos confabulavam como amigos de infância, pois o jornalista avidamente tomava notas num caderninho de bolso sobre os joelhos enquanto o pescador sussurrava ao seu lado.

Os urubus encontraram um aperitivo, pensou.

★

Dornelas estacou debaixo do batente e observou a sala toda como há muito não fazia.

A sensação de se apoderar daquele ambiente depois de apenas cinco dias longe era similar à de entrar na própria casa depois de um mês em férias, em que voltar é tão bom quanto sair. Mas, ao se deparar com tudo arrumado, bem diferente da bagunça organizada de sempre, Dornelas teve uma experiência mística, quase extra-corpórea, em que se viu diante de duas versões de si mesmo: uma velha e ultrapassada, de antes do nascimento de Helena, e outra tinindo de nova, gerada depois que a filha nasceu e, por isso mesmo, desconhecida.

Ele não sabia muito bem o que isso significava nem de onde surgira tal sensação mas, na situação em que se encontrava, não havia o que escolher. A vida impôs sua vontade. Helena havia nascido e estava em casa agora, chorando de fome ou sujando fraldas.

Dornelas deu o primeiro passo para dentro da sala e iniciou a curta caminhada até sua cadeira. A cada passo dado, sentia deixar para trás a versão antiga e desgastada, como uma cobra ao se livrar da pele apertada.

Ao se ajeitar na cadeira, foi tomado por uma sensação inebriante de leveza e vigor. Para comemorar, e matar a fome crescente, abriu a gaveta e de lá tirou metade de uma barra de chocolate ao leite, que passou a comer aos poucos, pelas beiradas, como um cachorrinho ao mascar um bico de almofada.

Pela porta que esqueceu aberta, surgiu Solano como um fantasma. Dornelas nem se incomodou em esconder o chocolate e fechar a gaveta, como de costume. Ele se sentia tão fora do normal que ficou impressionado consigo mesmo quando esticou o braço, com a barra em punho, na direção do subordinado e disse:

– Quer?

Solano, desconcertado por ter surpreendido o chefe em flagrante num momento íntimo, espalmou as mãos e respondeu:

– Não, doutor. Pelo amor de Deus!

Dornelas mordeu mais uma lasca da guloseima e convidou Solano a se sentar. Assim que a massinha começou a derreter num canto da boca, disparou:

– Everaldo dos Santos?

Solano apertou os olhos enquanto, em mente, caraminholava sobre as artimanhas do chefe para ter descoberto aquela informação antes dele. Dornelas, por sua vez, jamais revelaria sua fonte. O investigador respondeu, um pouco desanimado:

– Ele mesmo. A chave do quarto do hotel estava num dos bolsos da bermuda. Conseguimos a identificação na recepção – Procurando impressionar o chefe, Solano prendeu a respiração de modo a segurar o suspense e completou: – Esse sujeito era barra pesada, doutor.

— Um atravessador de joias de São Paulo.

Como ele consegue?, pensou Solano, que, aparvalhado prosseguiu:

— Fui ao hotel. A PM estava lá.

Dornelas franziu as sobrancelhas, avançou para a ponta da cadeira, fincou os cotovelos na mesa e cravou os olhos no subordinado. Solano ficou contente por ter descoberto alguma coisa que o chefe ainda não sabia e disse, mais animado:

— Meia hora depois do Everaldo ser morto, três sujeitos encapuzados renderam a recepcionista, roubaram a chave mestra e entraram no quarto da vítima. Reviraram tudo, não levaram nada e foram embora. Até o cofre estouraram.

— Alguma câmera de segurança?

Solano enfiou a mão no bolso da camisa e tirou um CD.

— Está tudo aqui. Ainda não tive tempo de assistir.

— Ótimo. Depois me diga se serve para alguma coisa. Você isolou o quarto?

— Sim, mas não acho que vai ajudar muito. Pelo que disse a recepcionista, os três estavam de luvas. Mesmo assim, pedi para um PM guardar o local até o Chagas aparecer.

— Ele já terminou no largo do Rosário?

— Deixou marcas por tudo e um rapaz dele para colar um cartaz sobre o buraco na parede. O pessoal do Detran emprestou uns cavaletes para bloquear a passagem. Ninguém estava respeitando a fita zebrada que colocamos.

Dornelas bufou de indignação não apenas pela falta de educação do povo em respeitar o trabalho da polícia, mas pela situação constante de recursos escassos. Ter de pedir ajuda ao Detran era uma humilhação para a qual ele não estava preparado.

— Paciência. E quanto aos bombeiros e o cadáver?

— Os bombeiros permaneceram lá o tempo todo, de cara fechada, enquanto Chagas trabalhava. — Solano bateu os olhos no relógio de pulso e prosseguiu: — O corpo deve chegar a qualquer momento no IML de Marealto.

O telefone tocou. Dornelas esticou o braço e atendeu:

– Sim!

– Dona Dulce, doutor – disse Marilda, em tom cauteloso.

Merda, pensou, já sabendo do que se tratava.

– Pode passar.

Um clique e a voz de Dulce retiniu do outro lado da linha, uma oitava acima do normal:

– Neide não apareceu! Helena está acordada e chorando. Preciso tomar banho e comer alguma coisa. Você pode vir para cá agora?

Dornelas coçou os olhos com os dedo, pensou bem antes de responder e disse:

– Agora, não. Estou no meio de um tiroteio aqui.

Ele foi capaz de sentir, pelo fio do telefone, o azedume do humor da mulher.

– Então encontre a Neide! Urgente! – E bateu o telefone.

Pronto, a bagunça estava armada. Num movimento lento e calculado, o delegado colocou o fone no gancho enquanto ponderava se não teria sido melhor ter contado a verdade. Numa reviravolta de pensamentos, concluiu que teria sido pior. Essa conclusão se encadeou a outra, ligada ao mesmo assunto: embora aparentasse estar com as rédeas da vida nas mãos, intimamente se sentia como um inseto se debatendo na teia de uma aranha; quanto mais se mexia, mais se enrolava.

Sob o olhar do subordinado, que observava a expressão cansada do chefe, Dornelas enfiou a última lasca de chocolate na boca, abriu a gaveta e pegou o carregador do celular. Levantou-se, foi até o arquivo de pastas suspensas e ajoelhou-se; conectou uma ponta do carregador na tomada e a outra no aparelho que, sobre a palma da mão, demorou alguns segundos para ligar e vibrar. O nome de Jaque apareceu no visor. Por causa do fio curto, o delegado agachou no canto da sala e atendeu:

– Diga.

– Cheguei à Casa da Cultura, doutor.

– Ótimo. Algum responsável apareceu?

– Não, senhor. Tem apenas a moça da faxina por aqui.

– Coloque ela na linha, por favor.

A voz de Neide surgiu segundos depois.

– Oi, doutor. Dona Dulce está me ligando sem parar. Não atendi. Não sei o que dizer.

Como uma criança de castigo, Dornelas encolheu-se ainda mais no canto da sala, fez uma conchinha com a mão sobre a boca e sussurrou no aparelho:

– Vá para casa e não diga nada do que aconteceu. Eu me viro com dona Dulce. Ok?

Do outro lado da linha, silêncio completo.

– Neide? – insistiu o delegado.

– Oi, doutor.

– Você ouviu o que eu disse?

– Arrã. Mas o que eu vou dizer para ela?

– Sei lá! Invente alguma coisa.

Um silêncio, que Dornelas preferiu aguardar. Na certa, Neide arquitetava alguma ideia mirabolante pois, segundos depois, disse:

– Vou tentar.

– Ótimo. Segredo nosso. Até mais tarde. E por favor, passe para Jaque de novo.

Pronto, a primeira travessura do dia para um caminhão de culpa cair-lhe sobre os ombros. Jaque atendeu:

– Pois não, doutor.

– Libere Neide, fique com a chave daí e me avise assim que o responsável chegar. Não deixe nenhum turista entrar no prédio. Se alguém reclamar, peça para aguardar a minha chegada. Estou com o mandado de busca assinado pelo juiz.

– Deixe comigo.

Jaque desligou. Dornelas colocou o aparelho no chão, voltou para sua cadeira, ajeitou-se e pegou o telefone. Apertou três teclas, Marilda atendeu e ele foi logo dizendo:

– Encontre aquele chaveiro que trocou o segredo da chave da minha casa, por favor.

Bateu o telefone e voltou-se para Solano.

– Doutor Amarildo ficou de me colocar em contato com alguém do DEIC de São Paulo. Quero saber o que esse Everaldo andou aprontando por lá. Vamos ver o que aparece.

– O que o senhor quer que eu faça nesse meio tempo?

– Assista aos vídeos da câmera de segurança do hotel e veja se encontra alguma notícia de algum grande roubo de joias ocorrido em São Paulo nos últimos dias. Para morrer desse jeito, e ter o quarto do hotel revirado, esse homem devia estar escondendo alguma coisa de valor. Precisamos saber o que é e encontrar antes desses bandidos. Não perca tempo. Eles estão na nossa frente.

Solano levantou, transbordando animação pela tarefa que o chefe lhe confiou e, já na saída, recebeu mais uma:

– Peça para Lotufo vir aqui.

Solano deu-lhe as costas e saiu como um tiro pelo corredor.

O celular tocou junto do rodapé. Dornelas foi até lá e leu no visor: Número desconhecido. Estranho. Mesmo assim, atendeu:

– Dornelas!

– Delegado Joaquim Dornelas, aqui é Leandro Conceição.

– Leandro Conceição – repetiu baixinho na tentativa de fazer o nome ecoar em algum recanto da mente.

– O senhor pode me chamar de Bibi. Sou assessor do dr. Marcos Azambuja, Secretário de Turismo de Palmyra. Tudo bem com o senhor?

Dornelas lembrou do que havia dito o juiz Souza Botelho, mas a memória foi substituída pelo incômodo gerado pelo excesso de intimidade. Respondeu, curto e grosso:

– Tudo. Em que posso ajudá-lo?

– Bem, ficamos sabendo desse crime horrível cometido nessa madrugada no Centro Histórico.

– Sim.

– Pois, então, o dr. Azambuja está muito preocupado com a repercussão desse crime na mídia e, consequentemente, no impacto que isso pode trazer ao turismo do município.

— Isso é inevitável — ponderou Dornelas.

— Mas, veja, delegado. Queremos evitar isso.

— Como?

— Simples. Seria muito pedir que o senhor nos mantivesse informados a respeito do andamento das investigações? Estamos bolando um plano de contenção para que tudo que saia na mídia passe pelo nosso crivo. Sabe, termos uma única voz.

— Sinto muito, mas não posso prometer isso.

— Mas, delegado...

— Não posso — cortou Dornelas, na raiz.

Bibi fez uma pausa e voltou à ligação com uma voz mais grave e um tom ligeiramente ameaçador:

— Não preciso dizer que a prefeitura de Palmyra é quem paga, por convênio, o aluguel do prédio onde funciona a delegacia sob seu comando.

Dornelas ficou em alerta, pois deu-se conta de que o sujeito do outro lado da linha se encaixava no perfil típico do político raso, liso e desprovido de escrúpulos. Mesmo assim, disse calmamente:

— Estou ciente, mas isso não dá direito ao prefeito, nem nenhum de seus secretários, de ingerência no trabalho da polícia. Somos um órgão sujeito ao Governo do Estado. E só. Está claro assim?

O assessor ficou mudo por um instante.

— Bem, vou passar essa posição ao dr. Azambuja. Talvez ele queira ter uma palavrinha com o senhor.

— Estou à disposição. Vou dizer a ele exatamente o que disse ao senhor. Bom dia.

— Para o senhor também.

Dornelas bateu o telefone.

Capítulo 5

Lotufo apareceu acompanhado do entregador da padaria. O rapaz, franzino e prestativo, o olhar assustado de um profanador de território sagrado, deixou um pacote e um copo de suco em cima da mesa junto com um papelzinho e algumas moedas. Dornelas agradeceu e deu as moedas para ele, que pegou e saiu sem dizer palavra.

O delegado abriu a tampa do copo, e com o saquinho de papel improvisou uma toalhinha de mesa. Lotufo se ajeitou na cadeira e aguardou o chefe se organizar.

– Quer? – perguntou Dornelas.

– Não, senhor.

O primeiro gole desceu suave, como uma dose de Canarinha, sua cachaça favorita. O resto foi quase todo de uma vez, em grandes goles. Sobrou um dedinho no fundo. Ao pousar o copo na mesa, o delegado virou-se para o investigador e perguntou:

– Então, o que você conseguiu?

Dornelas pegou um dos pães de queijo fumegando e o mordeu com vigor.

– Muita gente ligou, doutor. Todos contando a mesma história: a cabeça do homem explodiu antes de ele tombar no chão. Mas de onde veio o tiro, muito pouco. Ninguém ouviu nada.

– Silenciador, meu chapa – disse o delegado enquanto mastigava. – O que mais?

– Um sujeito disse ter visto uma labareda num dos terraços da Casa da Cultura.

– Ele sabe dizer qual?

– O mais próximo da esquina na Rua Dr. Samuel Costa.

– Foi o que pensei. Peça para o Chagas ver se encontra algum resíduo de pólvora.

– Deixe comigo. Tem uma coisa que o senhor vai gostar – disse Lotufo.

O delegado enfiou o resto do pão de queijo na boca, deu duas, três mastigadas e engoliu.

– Diga.

Mais uma mãozada e outro pão de queijo.

– Quer saber quem era a mulher que estava com a vítima?

Dornelas fez que sim com a cabeça, mordeu e começou a mastigar o salgadinho.

– Maria das Graças. Tá lembrado, doutor?

O delegado parou de mastigar.

– Fala sério! – disse, de boca cheia.

Com um olhar maroto, Lotufo balançou a cabeça para cima e para baixo.

Em mente, Dornelas escapuliu da sala e perambulou pelo Crime do Mangue, cometido há muitos anos. Ele lembrou do esforço para arrastar o corpo do irmão dela, Demo era o apelido, para fora da lama no canal em frente à igreja de Santa Teresa. O sujeito andava envolvido com tráfico e foi morto a mando de Wilson Borges, irmão de Nildo, o então vereador. Onde anda esse canalha? A mente pulou para a primeira vez que Maria das Graças apareceu na delegacia num traje para lá de sugestivo e, depois de um depoimento evasivo, lhe entregou um cartão de visitas oferecendo seus serviços. Será que esse cartão ainda existe? Deixa pra lá. Abriu um leve sorriso quando, em sua tela mental surgiu a imagem dela abrindo a porta da casa em traje de faxina, os seios fartos na camiseta apertada, os bicos assanhados marcando o tecido.

– Ela tá firme na putaria, então – disse o delegado. No tom de voz, uma pontinha de interesse.

– Pelo que dizem, continua gostosa.

O telefone tocou. Dornelas deglutiu o bocado e atendeu.

– Diga, Marilda.

— Dona Dulce de novo.

Os dedos, como pinças gigantes, coçaram os olhos.

— Pode passar.

Um toque e a voz de Dulce surgiu, mais calma dessa vez.

— Neide apareceu, graças a Deus. Disse que ficou presa na Casa da Cultura por causa de um crime no Centro Histórico. Você sabe de alguma coisa a esse respeito?

Maldita Neide!

Numa fração de segundo, Dornelas sentiu como se estivesse sob o foco de uma poderosa máquina de raio X, no caso Dulce, seus olhos sobre ele, implacáveis, desnudando-o em corpo e alma.

Não teve jeito e o delegado contou tudo.

— Vocês homens! — ela disse com desdém assim que ele terminou. — Por que você não contou essa história hoje cedo?

Dornelas se sentiu pequeno, mas tão pequeno que se viu abaixo do gato na hierarquia da família. Ele pensou numa longa e articulada explicação, mas apenas disse:

— Sinto muito.

— Bom, o corpo já foi para o IML?

— Arrã.

— Mais tarde ligo lá. Qualquer novidade, te aviso. Ok?

— Obrigado. E me desculpe.

— Beijo.

— Outro.

Desligaram. Dornelas permaneceu com a mão no aparelho por um instante. Lotufo, que acompanhou o desenrolar do papo, aguardou em silêncio, ligeiramente envergonhado. Assim que o chefe puxou a mão, virou-se para o subordinado e disse:

— Traga Maria das Graças aqui.

— Deixa comigo, doutor.

Num impulso, o delegado enfiou o resto do pão de queijo na boca, ficou de pé e agarrou o paletó. Ao chegar à porta, teve um estalo e voltou, esticou o braço e pegou o terceiro e último pão de queijo de cima da mesa.

★

De longe, Dornelas viu que Jaque conversava e gesticulava para meia dúzia de pessoas. Ao chegar, observou que eram turistas frustrados reclamando da falta de acesso à Casa da Cultura. O delegado se aproximou, pediu licença ao grupo, cumprimentou a investigadora e perguntou:

— Chegou algum responsável pelo local?

— O gerente, doutor. Ele está esperando o senhor. O chaveiro também.

— Ótimo. Obrigado.

Dornelas passou por ela e subiu o degrau da porta principal.

★

O chaveiro estava lá, ao final do corredor principal, os braços cruzados no peito e uma maleta executiva preta, quadradona e desgastada, ao lado dos pés. Ele desenvolvia um papo descontraído com um sujeito que parecia funcionário da Casa da Cultura, pois vestia camiseta com o logotipo do lugar. Ao ver o delegado entrar, o rapaz se aprumou no lugar, esticou o braço e se apresentou:

— Bom dia, doutor. Meu nome é Marcos. Sou o gerente.

Dornelas completou o aperto com uma mão, enquanto, com a outra tirava o mandado de busca do bolso do paletó.

— Bom dia. E aqui está.

Marcos pegou o envelope, abriu-o e começou a ler o mandado. Nesse meio tempo, Dornelas confraternizou com o chaveiro.

— Tudo pronto para fazer sua mágica, Wellington?

— Vamos ver, doutor.

Dornelas sorriu, pois gostava de Wellington, um sujeito afável, direto, e dono uma habilidade incomum para abrir fechaduras e cofres.

— Por onde o senhor quer começar? — perguntou Marcos ao delegado após terminar a leitura do documento.

— Pela porta de acesso ao primeiro andar.

– Por aqui. – Marcos conduziu o delegado e o chaveiro a meio caminho da entrada, onde ficava a porta desejada e disse: – É essa.

Diante de uma plateia seleta, Wellington colocou a maleta no chão, dobrou a meio e enfiou o olho no buraco da fechadura.

– Complicado, heim!

Para Dornelas, complicado era sinônimo de caro.

– Dá pra resolver?

Wellington grunhiu, abriu a tampa superior da maleta – que para o delegado era um pequeno baú – e de lá tirou um molho de chaves antigas; escolheu uma do tipo Gorge e tirou-a do anel; levou a mão à boca, com os dentes partiu um pequeno pedaço de chiclete, uma bolinha – Dornelas não havia percebido que ele mascava chiclete quando o viu minutos atrás – e colou a massinha grudenta na ponta da chave. Sob os olhares impressionados do delegado e do gerente, Wellington enfiou a chave na fechadura com o cuidado de um cirurgião, colou a ponta da sua chave na outra, girou o conjunto bem devagar e deu um pequeno tranco para frente. A chave do lado oposto caiu no chão, do outro lado da porta.

Uma jogada de mestre, pensou o delegado, admirado. Tão simples e tão engenhoso.

Wellington puxou a sua, e com uma chave de fenda que tirou da maleta, ajoelhou no chão e, sob a fresta no pé da porta, puxou a chave para si.

– Não toque nela! – gritou o delegado.

Assustado pelo alerta que o tirou do transe, típico de um verdadeiro artista quando se torna uno com sua criação, Wellington guardou a tralha na maleta e ficou de pé. Dornelas, por sua vez, buscou um par de luvas de borracha no bolso do paletó, um saquinho plástico no outro, vestiu as luvas, coletou a chave no chão e guardou-a no saquinho. Como um criterioso colecionador de borboletas, estudou-a sob a luz que entrava pela porta e guardou o saquinho no bolso.

– Você pode destrancar a porta agora? – perguntou para Wellington, que ficou sem entender. Dornelas captou a dúvida dele e completou: – Não quero arriscar perder alguma digital na chave.

– Ah! – disse Wellington, que se voltou para Marcos. – Você tem uma cópia?

– Não. Sinto muito. Estas chaves são antigas. Algumas portas daqui nem chaves têm.

O chaveiro virou então para Dornelas.

– Posso dar uma olhada nela?

– Claro.

Dornelas tirou o saquinho do bolso e levou-o à altura dos olhos de Wellington, que a estudou e buscou outra parecida na maleta.

– Só não toque na maçaneta, por favor – alertou o delegado.

Com o saquinho em mãos, e enquanto Wellington trabalhava, Dornelas se dirigiu a Marcos e perguntou:

– Essa é a chave original?

– Sim, senhor.

– Quem é responsável por ela?

– Sou eu.

– Ela estava do outro lado da porta.

Marcos ficou mudo. Dornelas completou:

– Alguém se trancou aí dentro. Como você explica isso?

De um segundo para outro, Marcos se deu conta do crime, da sua responsabilidade, e adotou uma expressão de assombro.

– Não sei o que dizer, doutor.

– Alguém mais tem acesso a ela?

– Todos que trabalham aqui. Somos em seis, contando comigo.

Um estalo na fechadura e a porta foi destrancada. O delegado, de costas para ela, virou-se para Wellington, que disse:

– Essas fechaduras velhas são ridículas de abrir.

– Ótimo. Quanto devo pelo serviço? – quis saber Dornelas.

– Trinta reais tá bom?

– Que tal R$20,00?

Wellington grunhiu de novo.

– R$25,00, porque é para o senhor.

– Fechado.

Dornelas pagou e agradeceu pela presteza e pelo serviço. Wellington agradeceu pelo chamado, cumprimentou os dois e foi embora com a maleta. Assim que ele ganhou a rua, o delegado gritou naquela direção:

– Jaque!

A investigadora apareceu no vão da porta.

– Pois não, doutor.

– Me ajude numa coisa aqui.

A investigadora subiu a escadinha e ganhou o corredor.

– Tranque a porta, por favor – instruiu Dornelas.

Jaque voltou e fez o que o chefe mandou. Segundos depois, postou-se ao lado dele, puxou o rabo de cavalo para o nariz e o cheirou.

– Pois não, doutor.

Dornelas levantou o saquinho com a chave e explicou a situação.

– Veja com o Marcos quem pode ter pêgo essa chave. Feito isso, mande para o Chagas. Quero impressões digitais.

– Pode deixar.

Marcos, visivelmente envergonhado, conduziu Jaque ao escritório.

Dornelas, ainda de luvas, envolveu os dedos na pontinha da maçaneta e abriu a porta.

★

Nada havia de relevante no único lance de escadas que levava ao primeiro andar.

Absolutamente nada.

Varrendo criteriosamente os degraus com os olhos, Dornelas chegou ao piso superior e se deparou com a penumbra de um ambiente amplo e estéril. A escuridão não era completa. O sol forçava passagem pelas frestas das nove portas-balcão e se projetava em longas faixas sobre o piso de tábuas.

Não havia um móvel sequer em todo o salão, nem quadros pendurados nas paredes caiadas de branco.

O delegado encontrou um interruptor e acendeu a luz. O ambiente lhe pareceu ter crescido depois disso.

Sem tocar em nada, ele inspecionou os ferrolhos das cinco portas-balcão da Rua Dr. Samuel Costa. Ao chegar à que suspeitava ter sido usada pelo atirador, a da esquina, encontrou-a trancada também.

Mentalmente tomou nota disso.

Seguiu adiante.

Ao chegar à última das quatro portas-balcão que dava para a Rua Dona Geralda, a mais próxima da casa vizinha, reparou que esta não estava trancada, mas encostada, e havia um barbante pendurado no ferrolho.

Mentalmente tomou nota disso também.

Com os dedos, puxou o barbante e abriu a folha bem devagar. As dobradiças protestaram, um gemido agudo e lamuriento. Dornelas saiu para o pequeno terraço e estudou tudo à sua volta: o movimento na rua, a casa em frente, os terraços vizinhos, os ladrilhos hidráulicos do piso. Sua mente relaxada, e ao mesmo tempo em alerta, não se fixava em nada especial, mas Dornelas sabia que, nesse estado, qualquer coisa fora do comum lhe saltaria à vista.

Foi o que aconteceu quando ele viu ali, no peitoril do terraço, virado para a casa vizinha, uma marca de sujeira, nítida e definida, da sola de um sapato.

Foi automático seus olhos seguirem a direção da pegada e subirem para o telhado do vizinho, a menos de um metro dali, e à altura do peito. Ao estudar as telhas, viu algumas fora do lugar, duas quebradas mais adiante e nacos de limo arrancados. Esses sinais indicavam um caminho. Dornelas abriu um leve sorriso, voltou para dentro do salão e seguiu para a outra porta que presumia ter sido também usada pelo atirador.

Ao se aproximar, estudou-a de cima a baixo, deu um empurrãozinho com o ombro e aliviou a pressão no ferrolho; com apenas dois dedos, levantou a peça de ferro, girou-a sobre o eixo e destrancou a porta; agarrou a parte de baixo da folha e puxou-a para si; destrancou as travas da outra folha e abriu a porta-balcão por completo.

Fez-se dia no salão.

Dornelas deu um passo para dentro do pequeno terraço, ficou de joelhos e olhou pelos recortes da lateral. Pelo buraco, viu ao fundo quatro cavaletes do Detran, uma mancha escura no chão e um cartaz preso à parede da igreja do Rosário.

Foi fácil imaginar uma bala saindo dali, do cano de um fuzil, e derrubando a vítima ao fim da rua.

Capítulo 6

Passava do meio-dia quando, saindo da Casa da Cultura, sentiu a barriga se retorcer de fome. Os pães de queijo e o suco não passaram de um aperitivo. Com a cabeça atulhada, estava indeciso quanto a voltar à delegacia para o inquérito com Maria das Graças — se é que ela havia chegado — ou então almoçar.

Decidiu almoçar.

Mudou o percurso e em menos de dez minutos entrou no Bar do Vito.

O lugar estava cheio, mas não lotado, o que era incomum para uma segunda-feira de carnaval. Dornelas presumiu que o clima da cidade mudara depois do crime. A aura etérea de alegria havia sido dissolvida e fora substituída por uma espessa camada de medo.

A tensão no ar era palpável.

Por outro lado, como era de praxe todos os anos, Dornelas achou possível muita gente ter deixado Palmyra por precisar trabalhar na quarta-feira de Cinzas, dali dois dias, e com isso evitar o trânsito do final do feriado. Pouco provável, concluiu. A brutalidade do crime certamente contribuiu para que parte considerável do público partisse antes da hora.

Dornelas encontrou uma mesa no fundo do salão, sua preferida, e lá se ajeitou.

Assim que o viu, Vito agarrou o cardápio, foi atrás do seu cliente ilustre e disse com o forte sotaque italiano:

— O que vá ser hodje, dotore, o cardápio ô o prato do dia? Chegô capucho fresquíneo.

Dornelas pensou por um instante e respondeu:

— Uma dose de Canarinha e o capucho grelhado com legumes.

— Perfeto — disse Vito, radiante. — Vou buscar a cachaça.

O *restauranteur* deu-lhe as costas, foi ao bar e voltou com uma garrafa de Canarinha e um copinho, que colocou sobre a mesa e encheu.

Dornelas agradeceu, envolveu o copinho com os dedos e antes de Vito se voltar, perguntou:

— O restaurante estava aberto na noite passada?

Vito adotou um ar grave, introspectivo, e abraçou o cardápio como a um escudo.

— O senhore qué sabê do crime?

— Arrã.

— Que horror, dotore. Nunca vi cosa igual.

O delegado sentiu ansiedade em Vito e interpretou como um sinal de que ele tinha algo a dizer.

— Eu tava fechando as porta quando umas pessoa começaro a batê querendo entrá. Non consegui segurá. Entraro umas vinte. Algumas se enfiaro até debaixo das mesa. A Igreja do Rosário fica aqui do lado, dotore. É um pulo!

— Alguém disse alguma coisa, você ouviu alguma coisa?

Vito levou uma das mãos ao queixo, baixou os olhos para o chão e começou a balançar a cabeça como um ventríloquo.

— Hummm, non, acho que non.

Intimamente, Dornelas lamentou.

— Ouvi dizê que estouraron os miolo do homen. É verdade?

Dornelas anuiu com um pesado movimento da cabeça e disse:

— Cá entre nós, você pode me dizer se ouvir ou souber de alguma coisa por aí?

Agarrado ao cardápio, Vito se aproximou da mesa e sussurrou de modo conspiratório:

— O senhore quer un informante?

— Mais ou menos isso.

— Pode deixar. Vou ser mais um par de olho e ouvido pro senhore. Que tal? — arrematou com uma piscadela.

– Perfeito. Obrigado.

– Vou pedir o prato.

Vito foi embora imbuído do espírito de um de 007 italiano.

Dornelas levou o copinho ao nariz, absorveu o aroma ardente e perfumado e deu o primeiro gole.

★

Ele estava chegando ao fim do prato quando o celular tocou. Era Solano. O delegado largou o garfo e atendeu.

– Diga.

– Doutor, assisti ao vídeo e falei com um sujeito do DEIC.

– DEIC?

Solano pigarreou.

– O senhor mencionou o DEIC hoje de manhã, que o dr. Amarildo iria tentar falar com alguém de lá...

– Ah!

– Pois então, consegui um contato.

– Com quem?

– Um primo que trabalha na PM de São Paulo passou o telefone de um tal de Otávio, amigo dele de futebol e cervejada. Sabe o apelido do sujeito, doutor? Batatinha.

– Desembucha, Solano!

O investigador pigarreou de novo, pois notou que o chefe não estava com humor para piadinhas.

– Bom, não foi fácil. Mas depois de eu insistir muito e citar o Everaldo, o Batatinha finalmente abriu a informação de que uma gangue roubou uma joia de grande valor na semana passada numa mansão em São Paulo, no bairro do Morumbi, onde vivem os bacanas. Coisa de profissional, doutor. Capuz, AR-15 e o cacete.

Dornelas bebeu o último gole de cachaça.

– Que tipo de joia: anel, colar, brincos?

– Um anel de Turmalina Paraíba com valor estimado em um milhão e duzentos mil reais. Deve ser um patacão.

– Turmalina Paraíba! É uma pedra muito rara – disse Dornelas. Em mente, começou a borbulhar. – Tô pensando em algumas coisas aqui.

– Quais?

– É possível que esse Everaldo estivesse tentando repassar a joia aqui em Palmyra e foi morto antes de entregar a mercadoria. Os sujeitos que invadiram o hotel na certa estão atrás desse anel.

– Foi o que eu pensei.

– É uma hipótese. Na dúvida, não espalhe.

– Pode deixar.

– E quanto ao vídeo?

– Nada de novo. Os invasores estavam mesmo encapuzados. Não deu para identificar ninguém.

– Onde você está?

– A caminho da delegacia.

– Nos vemos lá daqui a pouco. Bom trabalho.

Desligaram.

Dornelas terminou o prato, a cachaça e ficou de pé. A fadiga provocada pela noite mal dormida forçava espaço em seu cérebro e em seu corpo. Mente e corpo clamavam por uma sonequinha.

O convite era tentador, mas o avanço na investigação trouxe-lhe vigor e espírito renovado.

Puxar uma palha estava fora de questão.

★

Uma caminhada meditativa pelo Centro Histórico, por ora, seria o suficiente.

Dornelas ganhou a rua e pôs-se a refletir.

A situação em casa estava sob controle e a investigação avançava. Solano havia dado bons e decisivos passos nessa direção. A essa altura, Maria das Graças, aquela beleza de mulher, já devia ter chegado à delegacia. Jaque estava investigando como o atirador teve acesso à chave do piso superior da Casa da Cultura, e Chagas, como sempre, estava com serviço até a raiz dos cabelos. Ao pensar no chefe da Perícia, o delegado resolveu fixar um lembrete virtual num cantinho do cérebro: ligar para ele e pedir que esmiuçasse a rota de fuga do atirador. Satisfeito com o andamento de todos os processos que a investigação lhe exigira até então, Dornelas sentiu-se em dia com a vida e o trabalho.

O que poderia dar errado?

O telefone tocou. Puxo-o do bolso e leu o nome no visor: Dulce. O que foi agora? Atendeu um pouco aflito.

– Oi!

– Tentei falar com você! Deu ocupado!

Dulce soava nervosa.

– Eu estava com Solano na linha.

– Você viu o noticiário?

Dornelas ficou tenso e estacou no meio da rua.

– Não. O que aconteceu?

– Três homens encapuzados entraram atirando no IML de Marealto, mataram o Jonas, a Cibele, a Rosana, e levaram o corpo que você mandou hoje de manhã.

Jesus Santíssimo!, pensou, mas disse:

– Você soube de tudo isso pela TV?

– Não. A Zoraide, que está no meu lugar, ligou assim que eles saíram. Ela só escapou porque se escondeu no vestiário. Um horror, Joca.

Dulce começou a chorar. Dornelas ficou sem saber o que dizer.

– A PM está lá? – foi tudo o que conseguiu pensar.

– Está.

Dornelas se viu num vazio e sem ação.

– A Rosana tinha acabado de começar na recepção – emendou Dulce, aos prantos. – Ela tinha 20 anos e foi trabalhar para ajudar a pagar a faculdade.

Dornelas foi envolvido por uma onda de tristeza e medo. De uma hora para outra, sentiu o almoço revirar no estômago e um gosto amargo subir à boca.

A que ponto chegamos!, pensou.

— Você pode vir para cá? — disse Dulce, tirando-o do torpor que, a essa altura, se misturava com o cansaço e produzia uma verdadeira salada de emoções negativas. — Preciso conversar com você. Urgente. Não quero falar pelo telefone.

— Chego em dez minutos.

Dulce desligou antes dele.

Assim que a ligação caiu, Dornelas entrou no Whatsapp e enviou uma breve mensagem para Lotufo avisando que iria demorar — surgiu um fato novo —, e pedindo que o investigador fizesse ele mesmo o inquérito com Maria das Graças.

Certo de que Lotufo ficaria feliz em dar cabo da missão que lhe fora confiada, Dornelas sequer aguardou a resposta.

Enfiou o aparelho no bolso e seguiu para casa.

★

O delegado girou a chave e entrou em casa. Silêncio total, sinal de que Helena dormia. Lupi foi recebê-lo à porta, rabinho abanando, como sempre. E como sempre, o delegado o acariciou e seguiu adiante. Para não acordar Helena, que sofria de cólicas terríveis na parte da tarde, Dornelas tirou os sapatos antes de subir as escadas. Ele pagaria um preço alto se ela acordasse e abrisse um berreiro.

A caminho do quarto da filha, ainda no corredor, Dornelas ouviu a voz de Dulce emanar suave de algum canto da casa. O efeito beirava o sobrenatural, como se um anjo lhe sussurrasse nos ouvidos:

— Lave as mãos.

Como uma criança ao levar um pito da mãe, Dornelas deu meia-volta, foi ao banheiro e fez o que ela pediu. No seu caso, sem birra.

Minutos depois, se debruçou sobre a filha no berço, que dormia a sono solto, deu um beijo na testinha rosada e sussurrou:

— Obrigado, meu amor. Se não fosse você, teríamos perdido sua mãe hoje.

Por um instante, Dornelas sentiu o coração leve e transbordando em alegria e esperança por ver a filha de apenas alguns dias dando os primeiros sopros rumo ao futuro.

Ele então ajeitou uns fiozinhos de cabelo na cabecinha da menina, que mais pareciam seda de tão leves e macios, e ficou de pé.

Dulce estava ao seu lado, os olhos injetados de choro.

Temerosa de acordar a filha, ela substituiu as palavras por um olhar e um gesto do indicador e chamou Dornelas para que juntos saíssem do quarto.

Já fora, ela fechou a porta e o conduziu para a sala. Ao chegarem, a mulher o encarou e disse:

– Estou com medo, Joca. Medo não, em choque.

Dornelas a envolveu nos braços, apertou-a contra o peito e a beijou no rosto. Ele queria protegê-las de qualquer perigo, ela e a filha, e não queria mostrar que sentia medo também. Num instante, o delegado incluiu os filhos adolescentes que moram no Rio de Janeiro na rede de proteção imaginária que criava na mente e no coração, e apertou Dulce ainda mais.

O afago durou pouco. Dulce se desvencilhou do abraço e disse:

– É a primeira vez que isso acontece. Faz a gente pensar, sabe?

Dornelas sabia e foi sugado por emoções que emergiram como bolhas numa lâmina d'água. A primeira tinha conexão com o tiro na panturrilha, anos atrás. A sensação do calor da bala atravessando-lhe o músculo era nítida. Um tiro que matou seu primeiro casamento. Veio a reboque a lembrança dos filhos sendo levados pela mãe para morar no Rio de Janeiro. A ferida de saudades, a pior de todas, permanecia aberta até hoje.

A outra ferida, ao saber que Roberta havia sido sequestrada assim que desceu do ônibus em Palmyra. Dessa vez, Dornelas, estóico, não se deixou envolver pela onda de desespero que se formou e logo se dissipou.

E agora, o ataque ao IML de Marealto que bem podia ter levado Dulce, a mulher da sua vida, caso ela não estivesse em licença-maternidade.

O que viria a seguir? Que face mostraria a morte da próxima vez? Será que um dia ele beijaria a mulher, os filhos, e sairia de casa, tudo pela última vez?

Dornelas não quis se estender nessa linha de raciocínio, pois temia entrar numa espiral depressiva se o fizesse. Resoluto, limpou a mente, encarou Dulce e disse:

— Entendo, mas não era isso que você queria me dizer.

Dulce se aprumou no lugar e secou as lágrimas que vertiam dos olhos.

— Não, tem mais, e envolve esse crime de hoje de manhã.

Dornelas afiou os ouvidos.

— Zoraide encontrou um anel enorme com o sujeito. Qual o nome dele?

— Everaldo.

— Pois, então. Assim que ela tirou as roupas do Everaldo, se deparou com um fio de nylon, linha de pesca mesmo, amarrada em volta da cintura. E nele, um barbante amarrado a um saquinho plástico. Dentro desse saquinho estava o anel.

— Pendurado? — perguntou Dornelas.

— Não. Enfiado no ânus do Everaldo.

Dornelas chegou a levantar as sobrancelhas de espanto. Dulce confirmou com um movimento da cabeça.

— Tem mais — prosseguiu a mulher. — Ao se dar conta do que se tratava, limpou tudo, enfiou o anel no bolso e foi ao vestiário para me ligar.

— Por quê ela não ligou para mim? — interrompeu Dornelas sem pensar, e se arrependeu no instante seguinte.

— Ela estava em dúvida do que fazer... Uma situação nova... Sou a chefe dela... Sei lá! Faz alguma diferença agora?

— Tem razão. Não faz. Prossiga.

— Nessa hora o IML foi atacado e ela escapou.

Dornelas deixou as informações assentarem por um instante e teve um estalo.

— Quer dizer que ela nem chegou a trabalhar no corpo.

– Não deu tempo.

– E o anel, onde está?

– Na sala de autópsias, escondido na caixa de ferramentas ou na gaveta da geladeira de corpos. Achei melhor ela esconder em algum lugar. Eu não conseguia falar com você.

– Fez muito bem.

Mais lágrimas verteram dos olhos dela. Dornelas a beijou na testa e começou a se mexer para sair. Dulce o segurou pelo braço, pois sabia o que o marido tinha em mente e estava prestes a fazer. Apenas disse:

– Eu te amo. Vá com cuidado. Ok?

Com a mente ocupada planejando os próximos passos, o delegado deu um beijo burocrático na mulher, depois virou as costas e saiu.

Já na rua, enviou uma mensagem para Solano.

Capítulo 7

Solano estava postado na calçada em frente à delegacia, imerso no celular. Dornelas parou o carro diante dele, no meio-fio, abriu o vidro do passageiro e gritou:

– Você veio com o Fusca?

– Tá no pátio dos fundos, doutor. Quer ir nele?

– Quero.

O delegado seguiu e estacionou na vaga de sempre, a sua. Ele decidiu evitar usar o veículo da polícia. Chamaria atenção demais para o que havia tramado.

Desceu do carro e notou que um mendigo apanhava do chão as bitucas de cigarro largadas pelos jornalistas, em frente a entrada. Passou por ele e ganhou a recepção. Não havia vivalma além de Marilda, que lixava as unhas. Nem o telefone tocava.

– Boa tarde, doutor – disse Marilda assim que o viu.

– Os urubus voaram para Marealto?

– Sobrou esse, o urubu dos urubus – disse Marilda, voltando a atenção para o mendigo que, àquela altura, se protegia do vento para acender uma das bitucas. Dornelas não deu atenção e Marilda arrematou:

– Falando em Marealto, o doutor Miranda está louquinho para falar com o senhor.

Dornelas agradeceu e seguiu para sua sala.

Ao chegar, tirou paletó, gravata e camisa e pendurou tudo no espaldar da cadeira; abriu uma das gavetas da escrivaninha e de lá tirou uma camiseta azul-marinho velha e furada e um boné, que mantinha guardados para usar em ocasiões que classificava de *incomuns*, onde terno e gravata poderiam atrapalhar o trabalho, senão denunciá-lo; vestiu-se ligeiro, enfiou os óculos de leitura e o distintivo no bolso da calça e voltou para a recepção; avisou Marilda que estava de saída, sem especificar para onde, e foi encontrar Solano no estacionamento dos fundos.

O investigador estava ao lado do VW Fusca bege ano 74 – sua paixão mais recente, que ele nomeara de Soraia –, com a mão no teto e um sorriso débil no rosto, a pose típica do proprietário orgulhoso, estampada nas antigas propagandas da marca.

– Você dirige – disse Dornelas secamente. – Preciso fazer uma ligação.

O delegado, corpulento no seu 1,85m, se ajeitou como deu no lugar do passageiro. Solano, amuado pelo descaso, deu a volta no carro e, ao entrar, se deparou com o chefe apalpando as laterais do banco.

– Está sem os cintos, doutor. – disse Solano. – Os novos vão chegar pelo correio na semana que vem. O senhor sabe, só consigo fazer a reforma aos poucos.

O investigador comprara o carro em estado deplorável havia mais de um ano de um sujeito cujas finanças se encontravam em situação similar. Ele vinha fazendo um trabalho minucioso de restauração, garimpando peças originais em sites especializados sempre que sobrava uma graninha na conta. Para um especialista, o carro era uma peça de museu. Para Sandra, a jovem esposa, um foco de ciúme.

Solano entrou atrás da direção, fechou a porta e ligou a ignição atento a cada ruído das 1.300 cilindradas do motor.

– Acabei de fazer – disse Solano, orgulhoso.

Dornelas não deu atenção, pois subitamente se sentiu desconfortável no espaço apertado e na intimidade forçada, uma vez que ele e Solano estavam com os braços praticamente colados. Pela falta de alternativa, deu de ombros e puxou o celular do bolso.

Uma vez que ele não lembrava o número do delegado Miranda, da Polícia Civil de Marealto, entrou na agenda de contatos, encontrou o número e ligou. Direto para a caixa de mensagens. Insistiu. Dois, três toques e uma voz masculina atendeu:

– Alôa.

– Miranda?

– Eu estava esperando sua ligação, Dornelas. Quem era o porra desse cara que você mandou pra cá? Atacar o IML e roubar um corpo! Nunca vi um negócio desses!

O delegado Miranda soava exaltado. Dornelas teria de lidar com ele com calma e tato.

– Miranda!

Sem efeito. Miranda começou a disparar palavras como uma metralhadora descontrolada.

– Criaram um inferno no necrotério, Dornelas! Puta absurdo! O doutor Amarildo está no meu cangote e não sei o que dizer.

– Miranda!

– Você vai ter que se abrir comigo, Dornelas! Quero saber com que merda estou lidando aqui!

– Escute, Miranda! Estarei aí em meia hora e conversamos. Pode ser?

– Meia hora?

– Ou menos. Pode ser?

– Tudo bem. Aguardo você.

Miranda se preparava para desligar. Dornelas foi mais rápido.

– Ah, uma coisa. Importante.

– Diga.

– Preciso de acesso à sala de autópsias.

– Sem problemas, mas só depois que você explicar o que está acontecendo.

– Combinado. Mais uma coisa.

– Outra?

– Sem que a imprensa me veja.

– Impossível. Têm jornalistas saindo pelos ralos daqui.

– Bom, conversamos quando eu chegar. Ok?

Miranda desligou sem responder. Dornelas guardou o celular no bolso, virou-se para Solano e disparou:

— Pise fundo.

★

Bastou Solano entrar com o carro na estrada e o celular do chefe tocou. Dornelas intuitivamente sabia quem era do outro lado da linha. A resposta estava pronta, na ponta da língua. Por um breve instante, viu-se diante da professora da infância prestes a se submeter a uma chamada oral. Atendeu:

— Doutor Amarildo.

— O que você sabe a respeito da chacina no IML de Marealto que eu ainda não sei?

Pelo tom de voz incisivo, severo, Dornelas achou por bem evitar papo furado e ir direto ao tema. Por longos minutos, uma vez que a ligação caía sempre que o carro entrava em um ponto mais sinuoso e escarpado da Rio-Santos, Dornelas explicou a história completa, sem deixar nenhuma ponta obscura. No entanto, embora já tivesse definido como proceder, o delegado tinha uma dúvida que, por prudência, resolveu compartilhar com o chefe.

— Conto ou não do anel para o delegado Miranda?

Amarildo ficou mudo. Refletia.

— Não — respondeu, enfático, pouco depois. — Quanto menos gente souber desse anel, melhor.

— Ótimo. Vou averiguar com o DEIC se esta é a joia que eles procuram.

— Faça isso — instruiu o chefe. — Me avise se encontrar alguma dificuldade.

Abraços. Passar bem.

Desligaram.

★

O que Dornelas considerou como *fase 1* do seu disfarce, o carro, provou-se desnecessário. O tráfego estava tão travado nas ruas em torno do IML que o delegado instruiu Solano a estacionar a duas quadras de distância.

Ele completaria o restante a pé. Seria mais rápido.

– Espero aqui, doutor? – perguntou o investigador.

– Melhor.

Solano ficou aliviado com a resposta. Um carro daqueles, no estado impecável em que estava, era convite para um roubo.

Dornelas acionou então a *fase 2* da operação.

Saiu do carro, abaixou a aba do boné, vestiu os óculos de leitura, enfiou as mãos nos bolsos, o olhar no chão, e saiu caminhando devagar, arrastando uma das pernas. Vez por outra levantava um pouco a cabeça para se certificar do trajeto.

Mesmo que fosse aumentar um pouco o percurso, e o tempo, decidiu dar a volta no quarteirão. A ideia era evitar a barafunda dos carros de imprensa, repórteres, operadores de câmera e curiosos que se aglomeravam no portão principal.

Ser reconhecido era sua maior preocupação, pois isso colocaria não apenas a operação, como sua própria vida em risco. Ele não queria que os orquestradores do atentado sequer desconfiassem que ele, Dornelas, sabia do anel, quanto mais cogitassem que a peça poderia ficar sob sua guarda.

A situação exigia invisibilidade absoluta.

Menos de 100 metros depois de ter se afastado do carro, começou a se sentir nauseado e com uma leve dor de cabeça. Considerou as lentes de leitura como a causa mais provável, uma vez que elas turvavam a visão um metro além do nariz. Mesmo assim, seguiu em frente, concentrado, sem sair do personagem, orientando-se como um morcego pelas ruelas de Marealto.

Cinco minutos depois, sem ter atraído um olhar sequer, chegou ao portão de pedestres do IML, o dos fundos, o menos visado. Não havia ninguém nos arredores. Como de costume, foi logo entrando quando sentiu, no peito, a mão pesada e espalmada de um homem.

– Onde pensa que vai? – disse rispidamente um PM corpulento e de cabeça quadrada.

Num gesto estudado, Dornelas puxou a mão no bolso para tirar o distintivo. Espantado com o movimento que considerou suspeito, o PM deu um pulo para trás, puxou o revólver do coldre e disse em tom ameaçador:

– Mãos para cima ou eu atiro!

Preocupado com a repercussão que esse entrevero poderia causar, Dornelas olhou em volta e viu que nada no entorno mudara, uma vez que a bagunça estava concentrada na entrada principal, na rua de cima. Calmamente tirou a mão do bolso, vazia, levantou os braços no ar e disse:

– O comandante Freitas está aí?

Dornelas preferiu usar essa abordagem em vez da clássica *você sabe com quem está falando?*, pois a frase poderia ter um efeito reverso e piorar sua situação.

Nos olhos do PM, a dúvida.

Dornelas ficou sem saber se isso era bom ou ruim. Mas tinha certeza de que se a coisa desandasse, a contenda poderia virar uma tragédia e a única vítima seria ele próprio. De súbito, um pensamento apavorante perfurou seu cérebro: *quão conveniente seria morrer na porta do IML pelas mãos de um policial!*

O PM, por sua vez, não baixou a arma, que permanecia apontada para o peito do delegado.

– Talvez. Quem é você? E o que quer com ele?

– Sou o delegado Joaquim Dornelas, de Palmyra. Posso tirar meu distintivo e os documentos do bolso?

Mais dúvida.

– Se é delegado, por quê tá vestido de vagabundo?

Por puro nervosismo, com os braços no ar, Dornelas caiu na risada, pois não havia se dado conta da dimensão do personagem que havia criado. *As aulas de teatro na adolescência serviram seu propósito*, pensou. O PM achou a reação um tanto estranha. Dornelas falou então de modo calmo e ponderado:

– Explico depois. Por favor, abaixe a arma e chame o comandante Freitas ou o delegado Miranda. Urgente.

O PM, relutante, baixou o revólver.

Dornelas, aliviado, fez o mesmo com os braços.

– Qual é mesmo o seu nome?

– Joaquim Dornelas.

O PM grunhiu e, para alívio de Dornelas, guardou a arma no coldre, puxou o rádio do cinto e murmurou nele por alguns segundos. Miranda apareceu na porta menos de um minuto depois e gritou:

– Deixe-o entrar, Vargas!

O PM abriu passagem. Dornelas agradeceu e entrou. E assim que a imagem de uma mão embaçada surgiu na sua frente, Dornelas tirou os óculos, apertou a mão e recebeu a pergunta:

– O que você está fazendo vestido desse jeito? – disparou o delegado Miranda.

– Explico depois.

– Você precisa explicar muita coisa.

Dornelas o fez. Foi breve e conciso. Obviamente omitiu a parte do anel. Quando questionado sobre a razão de o corpo ter sido roubado, imprimiu no rosto a expressão mais idiota que poderia conceber, abriu os braços no ar e disse não fazer a menor ideia.

Miranda ouviu a história com atenção, porém, ressabiado.

– Se você também não sabe o que está procurando, por que está aqui? Eu poderia passar um relatório completo dessa bagunça – disse Miranda.

O delegado de Palmyra viu-se encurralado, tinha poucos segundos para criar uma resposta convincente.

– Poderia, mas não com a velocidade que preciso. Estamos no meio do carnaval. Esses caras causaram um homicídio no Centro Histórico e destruíram um quarto de hotel. E agora, isso. Só Deus sabe o que podem aprontar da próxima vez. Se você acha que é o seu que está na reta, imagine o meu. Além do mais, Dulce está aos prantos em casa e pediu para eu retirar objetos dela do vestiário. Você vê algum problema nisso?

Vendo-se desafiado, Miranda fechou a cara, pois não estava convencido da história toda. Na verdade, lá no fundo, sabia que estava sendo ludibriado. Só não sabia como e em que dimensão.

– Ela deixou alguma coisa na sala de autópsias também?

Rápido, Dornelas. Rápido!

– Não. Quero ver se existe alguma marca de sapato. E se existe, se bate com a que encontrei no terraço da Casa da Cultura.

Ufa!!!

Miranda cofiou a barba e olhou bem para ele.

– Não me foda, Dornelas. – Silêncio. – Vá, entre – emendou Miranda, que acendeu um cigarro e saiu para o pátio. – A casa é sua.

Dornelas girou nos calcanhares e entrou na copa do IML.

★

A bagunça do lado de dentro era mais organizada do que a de fora.

Enquanto a rua era dominada por olhares curiosos e a gritaria de repórteres e operadores de câmeras se acotovelando para obter informações em primeira mão, no interior imperavam a coleta de evidências e o estudo dos acontecimentos.

Enquanto policiais militares evitavam a entrada de jornalistas pelo portão principal, no interior um perito e um papiloscopista tomavam notas, tiravam fotos, coletavam impressões digitais, estudavam as trajetórias dos diversos disparos, os ferimentos nas vítimas, a posição dos corpos e as manchas de sangue no piso e nas paredes.

O silêncio, quase absoluto, era interrompido pelo clique de uma máquina fotográfica ou por um murmúrio vindo de algum policial em algum ambiente.

Dornelas avançou da copa para o corredor de acesso às salas, ao vestiário e à recepção.

De longe, viu o primeiro corpo, no início do corredor, na entrada. Rosana, a jovem recepcionista, encontrava-se sentada em sua cadeira diante da mesa, recostada no espaldar, com os braços abertos e a cabeça para trás.

Sangue pingava da nuca.

Por não ter visto o corpo de Jonas, o vigia, Dornelas presumiu que deveria estar próximo ou na própria guarita, ao lado do portão principal. Isso, em si, justificava o tumulto do lado de fora. Para a mídia sensacionalista e os curiosos de plantão, um cadáver humano a céu aberto é sempre um espetáculo a ser registrado, apreciado. O delegado imaginou fotos e filmes da tragédia sendo transmitidos em tempo real nas redes sociais.

Intimamente lamentou e se recusou a ir até lá. Havia uma missão a ser cumprida e ele não queria se ater ao que não pudesse intervir ou colaborar.

Se embrenhou ainda mais no pequeno prédio.

Dois metros à frente, havia uma porta aberta que dava acesso à sala da secretária, onde trabalhava Cibele. Seu corpo não estava lá e nem na sala vizinha, a de laudos, cuja responsável é Zoraide, a legista assistente que escapou ilesa do ataque. Dornelas firmou um pacto com a própria memória de ligar para Zoraide assim que possível. Quem sabe ela poderia elucidar algumas questões que começaram circulavar em sua cabeça como abelhas sobre um pote de mel.

Do lado oposto do corredor ficava a sala de Dulce, coordenadora e legista-chefe do IML. Tudo parecia em ordem, no lugar. Num recanto da mente, Dornelas agradeceu o fato de a mulher estar em licença maternidade. Isso poupou sua vida.

O delegado pensou em Helena. Seu coração se aqueceu.

Seguiu adiante e chegou à sala de perícia de crimes sexuais.

Uma baderna.

O corpo de Cibele jazia no chão, de lado e encostado num dos pés da mesa ginecológica. Havia manchas de sangue no lençol, numa das peseiras e nas hastes dos porta-coxas. Dornelas imaginou ela sendo atingida de pé, por diversos disparos ao lado da maca, o corpo sendo arremessado para trás para depois rolar sobre o assento e desabar no chão.

Um perito, ajoelhado, tirava fotos dos ferimentos no tronco.

Lamentoso, Dornelas chegou à sala de autópsias, ao final do corredor, onde ficavam as duas mesas de aço inoxidável, a geladeira de corpos, o freezer para vísceras e uma pia. Estranhamente, era a sala mais em ordem de todo o prédio e onde não havia nenhum cadáver, nem sequer uma mancha de sangue. Lembrou que Dulce se vangloriava ao dizer que raramente as duas mesas foram usadas simultaneamente.

Sorrateiramente, Dornelas fechou e trancou a porta, se dirigiu para a geladeira de corpos e abriu-a. Vazia.

Olhou e apalpou as beiradas das três prateleiras sobrepostas, deslizou cada uma nos trilhos para fora e para dentro. Nada.

Fechou a geladeira e se dirigiu para o armário debaixo da pia. Abriu a porta e se deparou com um recipiente de formol, um microscópio, pacotes de gaze, uma caixinha de luvas de borracha e uma enorme caixa de ferramentas, similar às usadas por Maridos de Aluguel.

Dornelas puxou-a para fora e abriu-a sobre uma das mesas de autópsia; estudou a bandeja superior onde havia facas de diversos tamanhos, tesouras curvas e retas, alicates, bisturis e nada encontrou; colocou a bandeja de lado e enfiou as mãos entre as serras, os ganchos, as pinças, o machadinho, o formão e lá estava, uma bolinha de gaze.

Correu para o armário da pia, puxou um par de luvas da caixinha, vestiu-as e abriu a gaze. Havia um pequeno saco plástico com um anel dentro, a boquinha fechada com diversas voltas de elástico. O azul turquesa intenso da pedra cintilava por entre as dobras do saquinho transparente.

Dornelas não quis perder tempo. Enfiou o pacotinho e as luvas no bolso; arrumou e guardou a caixa de ferramentas e saiu.

Bastava pegar qualquer coisa no armário de Dulce e cair fora.

Capítulo 8

Depois de um cumprimento burocrático em Miranda, que por pouco não pediu que ele apresentasse o conteúdo do pacote que levava debaixo do braço – um par surrado de Crocs cor de laranja embrulhado em um saco de supermercado – Dornelas entrou no Fusca de Solano mais incógnito do que saiu.

Enquanto o chefe visitava o IML, o investigador permanecera o tempo todo dentro do carro fumando um cigarro atrás do outro.

Assim que Dornelas bateu a porta, Solano atirou a bituca pela janela, deu a partida no motor e encaixou o carro no trânsito.

Ao se dar conta de que haviam se distanciado o suficiente do IML, Dornelas tirou o boné, os óculos e coçou os olhos com os dedos. A dor de cabeça aumentara. Seriam mesmo as lentes de leitura ou fome, pura e simples?

Por um instante, cogitou parar em algum lugar para comer, mas com o anel no bolso, não quis dar chance ao azar. Preferiu colocar as engrenagens da mente para funcionar.

Qual seria o melhor lugar para guardá-lo, na sua casa ou no cofre da delegacia? Sua casa seria por demais perigoso. O cofre, óbvio demais. Além disso, ele não queria envolver Hildebrando, o escrivão-chefe e responsável pelo cofre, no círculo diabólico do anel.

Solano não se conteve com o silêncio.

– E aí, doutor?

Dornelas abriu o vidro. O cheiro de cigarro, preso no interior, começava a nauseá-lo, o que aumentava sua angústia e dor de cabeça.

– Estou com o anel no bolso.

— Qual o próximo passo?

— Bico calado. Apenas cinco pessoas sabem disso: eu, você, o doutor Amarildo, Dulce e Zoraide. Mais ninguém. Quanto menos gente souber, melhor. E menor o risco de sermos atacados ou mortos.

Solano ficou espantado com essa última frase, a ponto de desviar os olhos da estrada e fixá-los de esguelha no chefe.

— O que o senhor acha que devemos fazer?

— Minha vontade é a de nos livrarmos desse maldito anel o quanto antes — respondeu o chefe, em desabafo. — Sei lá, talvez enviar uma diligência para seu contato no DEIC com uma foto do anel. Caso o dono reconheça e apresente um certificado de propriedade, nota fiscal de compra ou coisa parecida, ele restitui o anel com a gente acompanhado de uma equipe do DEIC. Pelo alto valor, quero me livrar da responsabilidade de remeter esse anel a São Paulo. Além do mais, quero aproveitar a oportunidade para ouvir se a vítima do roubo pode nos ajudar na investigação da morte desse tal de Everaldo. É isso ou enviamos uma carta precatória para ouvir essa vítima. Deus sabe lá o tempo que isso pode tomar.

— Por outro lado...

— Eu sei o que você está pensando. Reter o anel e usá-lo como isca para pegar quem matou o Everaldo.

— E o risco?

— Sem um suspeito, que alternativa temos? — A pergunta pairou no interior do carro. Dornelas emendou: — Os caras vão ficar muito putos quando não encontrarem nada no corpo que roubaram. Aposto uma cerveja que em pouco tempo alguém vai se deparar com esse corpo. A imprensa vai fazer um alarde.

— Qual o próximo passo?

— Ainda não sei. Preciso pensar.

★

Ao ganharem a estrada, Dornelas foi acometido por uma confortante sensação de dever cumprido, pelo menos até aquele ponto. Ao considerar a fome, o cansaço e o estresse causado pela preparação e execução do plano, viu-se soterrado por uma enorme onda de exaustão. Se aninhou como deu no banco do carro, encaixou o boné no rosto e disse para Solano:

– Me chame quando chegarmos à delegacia.

– Pode deixar, doutor.

O barulho ritmado do motor e o balanço do carro na estrada o envolveram como um berço fofinho conforta um bebê.

Não demorou um minuto e o delegado se viu em um lugar estranho desenvolvendo diálogos incompreensíveis com pessoas desconhecidas.

Foi sua última lembrança antes de mergulhar num sono abissal.

★

Passava das 17h quando Solano embicou o Fusca no pátio da delegacia. Dornelas dormia a sono solto, encolhidinho como um cachorro. O investigador ficou sem saber se o acordava ou não. Enquanto decidia, esticou os olhos para se certificar de que o chefe não havia babado no tecido novinho em folha do banco.

Ao ver que não, abriu devagarinho a própria porta para sair do carro. Dornelas acordou com o estalo das ferragens.

– Já chegamos?

– Na delegacia, doutor.

Dornelas desceu do carro agarrado à porta com a nítida sensação de ter dormido apenas cinco minutos. O sonho confuso se prendia à mente como se buscasse ser interpretado. No estado em que estava, um mendigo em corpo e alma, a única explicação que foi capaz de articular era a de que o sonho registrava a bagunça da sua vida atual: um divórcio, dois filhos morando longe, uma nova mulher, uma filha de uma semana, novas obrigações, um crime violento a ser investigado, contas a pagar...

Confuso e cambaleante, entrou na delegacia pela copinha e se deparou com um rapaz numa escada mexendo numa das luminárias. Sobre a pia, ao lado da cafeteira, uma caixa de ferramentas aberta. Uma ideia espocou em seu cérebro com a intensidade de um holofote. Foi até o rapaz e perguntou:

— Posso pegar uma ferramenta emprestada? Devolvo em dez minutos.

Manuseando os fios com cuidado, o sujeito sequer olhou para baixo. Do alto da escada, apenas disse:

— Manda brasa.

Dornelas pegou uma chave de fenda e sorrateiramente enfiou-a no bolso. Ganhou a recepção e deu um alô para Marilda.

— Tem um recado aqui para o senhor. — Marilda esticou o braço para entregar-lhe um papelzinho e foi ignorada.

— Não estou disponível para ninguém na próxima meia hora.

A recepcionista acatou a ordem, contrariada.

Dornelas entrou na sua sala e trancou a porta; correu para o imenso arquivo de pastas suspensas e planejou para onde queria deslocá-lo; tomou fôlego, firmou os pés no chão, agarrou-o pelas beiradas e arrastou-o, de pouco em pouco, para o lado, sem estardalhaço. Ele queria evitar qualquer ruído incomum.

Suava.

Terminada essa fase, ajoelhou no chão e, com a chave de fenda, tirou o espelho da tomada. Havia um pequeno espaço em volta do módulo e dos fios.

Tirou o pacotinho com o anel do bolso, livrou-se da gaze, e escondeu-o ali. Com a chave de fenda prendeu os parafusos do espelho na tomada e arrastou o arquivo de volta ao lugar.

Suava em bicas.

Satisfeito, pegou sua camisa e a gravata e saiu da sala. Passou na copa, devolveu a chave e agradeceu o rapaz, que, novamente, sequer olhou para ele.

Entrou no vestiário e se entregou a um banho revigorante.

★

Fresquinho e parcialmente refeito, Dornelas voltou para sua sala, fixou os olhos no aparelho de telefone e resolveu sair. O que ele tinha a dizer seria melhor, e mais seguro, ser dito pessoalmente.

Foi à sala de Solano.

O investigador estava lá, atrás do computador.

Dornelas entrou, fechou a porta e se ajeitou numa das cadeiras de visitas.

— Escondi o anel — sussurrou o delegado.

Solano, entrando no clima da reunião secreta, sussurrou de volta:

— Aqui na delegacia?

Dornelas fez que sim com a cabeça.

— Não me conte — disse o investigador. — Prefiro não saber.

— Ótimo. Esqueça aquela ideia do DEIC por enquanto.

— Hum-hum — grunhiu Solano.

— Aviso você quando eu tiver bolado um plano.

— Ok.

— E as informações sobre a vítima, conseguiu alguma coisa?

— Estou quase lá. Até amanhã apresento tudo para o senhor.

— Ótimo.

Dornelas se levantou, abriu a porta e foi à sala de Lotufo. O investigador não estava lá. Foi então à copinha tomar um café. Desistiu. O que restava na garrafa térmica estava frio. Voltou para sua sala, se ajeitou na cadeira e pegou o celular. Discou um número. Dois toques e a voz de Jaque surgiu.

— Oi, doutor.

— Alguma novidade sobre a chave?

— A coisa é complicada. Ou a gente culpa o Marcos ou culpa todo mundo aqui. As chaves da Casa da Cultura ficam jogadas numa gaveta no escritório. Aliás, chamar de escritório seria bondade, pois o cubículo mais parece um buraco que um escritório de verdade.

— O que isso significa?

— Que qualquer pessoa pode ter entrado ali e tirado a chave da gaveta. Não existe controle algum, doutor. Tudo muito informal.

E como o espaço do andar de cima estava vazio e aguardando a montagem de uma nova exposição, ninguém se deu conta quando a chave sumiu.

— Existe alguma câmera de segurança no local?

— Existe uma, virada para o pátio de acesso ao auditório, nos fundos. Não ajuda muito, pois o acesso ao escritório é feito pela entrada principal.

— Vale a pena assistirmos as tomadas dessa câmera.

— Pode deixar.

— E quanto ao Chagas?

— Entreguei a chave para ele. Se o senhor puder cutucá-lo, ajuda.

— Farei isso. Obrigado.

Dornelas se preparava para desligar.

— Doutor! — interrompeu Jaque.

— Diga.

— Manteremos a Casa da Cultura fechada amanhã? Já são quase seis da tarde.

— Chagas terminou o trabalho dele?

— Não. Na verdade, ele nem passou por aqui. Entreguei a chave enquanto ele estava trabalhando no Largo do Rosário.

Dornelas colocou a mão na testa.

— Culpa minha. Resolvo isso. Falo com ele.

— Ok. E quanto a abrir ou fechar para o público?

— Avise o Marcos que, desde que ninguém suba no salão do primeiro piso, pode abrir.

— Não tem como. A única chave da porta está com o Chagas.

— Ótimo.

— Vou avisar o Marcos.

— Faça isso. Até amanhã.

— Bom descanso, doutor.

Desligaram.

Dornelas ainda queria falar com Lotufo para saber dos detalhes do inquérito com Maria das Graças. A mente escapuliu mais uma vez para aquele pedaço de mulher e voltou. Pensou em ligar para o Chagas e desistiu. Somar atribuições às que ele já tinha seria pior. Falaria com ele na manhã seguinte.

Olhou o relógio: 18h06. Cedo demais para chegar em casa. Ponderou os horários de banho e mamada de Helena e concluiu que a essa altura Dulce deveria ter dado cabo de ambas as tarefas.

E então, falar com Lotufo? Ainda não.

Pegou o paletó e saiu.

★

As arandelas públicas estavam acesas quando Dornelas circundou as pesadas correntes e entrou no Centro Histórico. O movimento era intenso, sinal de que os turistas que passaram o dia na cidade se preparavam para ir embora, ao mesmo tempo em que os que se hospedavam em Palmyra começavam a sair dos hotéis e pousadas e circulavam pelas ruas para fazer compras, curtir um bar, tomar um sorvete ou procurar um lugar para jantar.

Nisso incluíam-se os milhares de passageiros dos gigantescos navios de cruzeiro, que nessa época do ano ancoravam por alguns dias na baía de Palmyra, a cerca de um quilômetro da cidade.

Dornelas sempre gostou desse movimento, que comparava à tábua das marés, em que uma começa a subir no instante seguinte que a outra termina de baixar.

Caminhou dois quarteirões e virou à esquerda, cem metros depois da igreja de Santa Teresa e lá estava, o Luz Difusa do Abajur Lilás, um tradicional bar de Palmyra, famoso pelo público jovem e descolado.

Subiu os degraus de pedra e entrou no amplo salão. Foram necessários vários segundos para os olhos se acostumarem ao ambiente parcamente iluminado.

Dispostos nos centros de todas as mesas, pequenos abajures com cúpulas lilases e lâmpadas imitando velas acesas criavam uma penumbra envolvente onde perambulavam murmúrios, sombras, sorrisos marotos e olhares furtivos. O veludo vermelho dos bancos, almofadas e sofás davam um toque quente ao lugar, e o aroma de cerveja estragada convidava a uma intimidade que beirava a devassidão. O Luz Difusa, como era popularmente conhecido, não era apenas um convite ao sexo, mas a preliminar das preliminares.

Lembrou da mãe, que o classificava como um inferninho. Dornelas se divertiu com a memória e abriu um leve sorriso enquanto varria o ambiente com os olhos.

E lá estava ela, junto ao balcão, entre homens confabulando em tom conspiratório, mulheres sorridentes e casais trocando carícias; as ancas largas acomodadas na banqueta, uma perna cruzada sobre a outra, os seios fartos a ponto de um salto pelo decote e os longos cabelos platinados ornados por brincos de pérolas claramente falsas. Um espetáculo de curvas, nuances, brilhos e cores.

Se o objetivo era atrair atenção, objetivo alcançado.

Pensando bem, Dornelas achou que ela exagerara na maquiagem e nos adereços. Para o delegado, aquele corpo, um tesouro mal escondido no vestido apertado, falava por si. Nenhuma superprodução era necessária. Ele podia dizer isso porque conhecia a mulher que se escondia por baixo de todo aquele verniz.

Não intimamente, mas conhecia. E de outros carnavais.

Dornelas espremeu-se entre as mesas e foi até ela, que, depois de vê-lo se aproximar pelo reflexo no espelho do bar, virou as costas para ele procurando não ser reconhecida. Ao chegar, o delegado apoiou um dos cotovelos no balcão e disse-lhe às costas:

– Você não está de luto.

A mulher girou o corpo na banqueta, encarou-o com um olhar lânguido e provocante e, por entre lábios carnudos e artificiais, disparou:

– Deveria? O cara nem era meu marido.

– Todo homem que partilha da sua cama é seu marido por um momento. Meia hora, que seja.

– Marido nenhum fode com a própria mulher como fode comigo. Se fosse assim, eu estaria desempregada.

Dornelas não quis se esticar no assunto. Ele havia atingido seu objetivo inicial: conseguir a atenção dela.

– Aceita uma bebida, Maria das Graças?

– Por quê? Tá interessado? – rebateu a mulher, vangloriando-se da própria presença.

Dornelas esticou um sorriso. Maria das Graças deu uma boa olhada nas mãos dele e disse:

– Sem aliança, mas casadinho, com bebê de colo e tudo. Sua mulher sabe que o senhor está aqui, delegado?

Dornelas sabia que a pergunta viria e não se entregou à provocação. No entanto, vinda dela, teve um efeito reverso, pois se deu conta de que a relação com Dulce se desenvolveu, embora muito bem, fora dos padrões. Eles começaram a namorar, ela ficou grávida, eles partiram para morar juntos e a filha nasceu, mas, até aquele momento, ele e Dulce sequer trocaram alianças. No entanto, num canto da memória ele sabia de um anel de brilhantes que chegou a presentear, mas nunca vestir no dedo da mulher.

– Fico admirado em como você é bem informada.

– Nesse meu negócio, assim como no do senhor, informação é tudo.

– Bom saber, porque esse é o motivo de eu vir ver você.

– Me ver? – rebateu com desdém, a mulher. – Entre na fila.

Dornelas sorriu de novo e olhou em volta.

– Não vejo nenhum cliente por perto.

– Tá pra chegar.

– Cheguei primeiro. Ele é quem vai ter de entrar na fila.

– Se o senhor veio conversar sobre ontem à noite, eu já disse tudo que sei para o Lotufo.

– Prefiro ouvir direto de você. – Dornelas esperou uma reação que não veio. Prosseguiu: – E então, por onde começamos?

Vendo-se encurralada, Maria das Graças o encarou, soltou um longo suspiro e disse com pesar e resignação:

– Pela bebida. Para mim tudo sempre começa pela bebida.

– Qual?

– Gin tônica. Sem mesquinharia, por favor.

Dornelas abriu o cardápio sobre o balcão e pediu ao barman o *drink* dela com gin importado e uma dose de Canarinha para si.

As bebidas chegaram e eles fizeram um brinde pelos velhos tempos.

Maria das Graças começou a falar.

Capítulo 9

— Isso mesmo, o recepcionista me indicou – disse Maria das Graças. – Deixei cartões de visita em lugares estratégicos de Palmyra. Além do mais, tenho meus contatos. Propaganda não é a alma do negócio?

Dornelas deu um gole na cachaça.

– Você o encontrou na pousada?

– Sim.

– A que horas foi isso?

– Marcamos às oito e meia da noite. Cheguei um pouco antes. Não gosto de deixar meus clientes esperando.

– Entendo. O que aconteceu a partir daí?

O celular de Maria das Graças, sobre o balcão, iluminou-se. Ela o pegou e leu uma mensagem.

– Meu cliente está a caminho.

– Ele vai esperar na fila. Já disse.

– O senhor vai atrapalhar meu trabalho? Preciso da grana.

– Se eu não conseguir agora o que quero de você, posso atrapalhar muito mais.

– Meia hora é suficiente?

– Depende de você.

A mulher bufou, se enfiou no celular e digitou uma resposta.

– A sorte está lançada – disse, esperançosa.

Segundos depois outra mensagem surgiu e ela leu.

– Ufa! Ele aceitou chegar em meia hora. Deve estar numa secura danada. – Largou o celular no balcão, deu um gole na bebida e se virou para o delegado. – Onde a gente estava?

– No que aconteceu depois que você chegou à pousada.

— Ah, sim — a mulher deu um gole na bebida e prosseguiu: — O rapaz da recepção me anunciou e indicou para que eu fosse ao quarto.

— E então?

— Eu fui. E nós trepamos.

— Quero os detalhes disso.

— Tá de sacanagem, doutor? Virou pervertido agora?

Por enfastio, o delegado girou os olhos nas órbitas.

— Nada disso. Quero saber em que momento você o viu nu.

Maria das Graças o encarou com uma expressão confusa, mas, como estava respondendo a um inquérito policial, disse:

— Pensando aqui, essa foi mesmo uma parte diferente.

— Explique-se.

Com um olhar vago, Maria das Graças passou a reconstituir sua noite com a vítima.

— Começamos naquele rala-e-rola na cama... e ele me deixou nua... no momento em que fui tirar as roupas dele, ele não deixou, foi ao banheiro e voltou nu minutos depois.

Foi se livrar do anel, pensou o delegado.

— E então vocês transaram.

— Isso mesmo.

— E quando terminaram?

— O senhor está me deixando encafifada com essa história.

— Fique tranquila. Não tenho nenhuma perversão ou coisa parecida. Apenas preciso saber desse detalhe.

— Não pelo senhor, mas pelo Everaldo. Por que ele não quis que eu tirasse suas roupas?

Dornelas ficou quieto. Para cortar o silêncio que se instalou, Maria das Graças resolveu prosseguir:

— Bom, quando terminamos, ele se trancou no banheiro e tomou um chuveiro.

— E você, o que fez nesse meio tempo?

— Esperei ele terminar. Bebi uma garrafinha de vodka do frigobar estirada na cama enquanto assistia TV. Assim que ele voltou ao quarto, entrei no banho.

— Ele se vestiu no quarto?

— Não. Saiu vestido do banheiro com a mesma roupa que usava antes.

— Daí até ele ser morto, o que vocês fizeram?

— Saímos para jantar no restaurante Pippo. Na hora da sobremesa, ouvimos os tambores do bloco de carnaval se aproximando pela rua. O Pippo fica a apenas duas quadras do Largo do Rosário. Ele pagou a conta às pressas, saímos para sambar e depois aquilo, aquele horror.

Dornelas deu um longo gole na cachaça. Estava satisfeito com o andar da conversa.

— Seu cliente conversou sobre o trabalho dele?

— Nada, mas não saiu do celular a noite toda.

Num canto da mente, Dornelas grudou um lembrete de perguntar para Solano, Chagas, ou mesmo Zoraide, se encontraram um aparelho celular com a vítima. O cansaço era tão grande que ele se esquecera de cuidar do básico da investigação. No íntimo torcia para que Solano tivesse feito isso.

— Telefone ou mensagem?

— Mensagem. Eu nunca me meto nos negócios dos meus clientes, mas esse cara estava ansioso. Não largava daquilo.

Mal sabia que estava prestes a morrer, pensou Dornelas.

— Você disse alguma coisa a mais para o Lotufo?

— Disse a menos. Essa parte de entrar e sair do banheiro nu ou vestido me escapou.

— Por quê?

— Não achei importante, mas agora, falando para o senhor, é no mínimo estranho.

Dornelas não quis concordar para não esticar a história que envolvia o anel.

— O que você fez quando ele foi atingido?

— Meu Deus, não gosto nem de lembrar.

— Preciso que lembre.

Maria das Graças encarou o delegado e disse, exasperada:

– Aquele horror... Lembro de ouvir um barulho abafado como o de uma melancia explodindo e de vê-lo caído sem um pedaço da cabeça. Lembro de ver meus braços e roupas respingados de sangue.

– E depois?

– Gritei e corri para casa. Precisei de um banho. Tenho tido dificuldades para dormir desde então.

– Compreendo – disse Dornelas, condescendente. – Bom, falta alguma coisa?

– O que eu ganharia se faltasse?

– Você está escondendo alguma coisa?

– Nada. Eu não ganharia nada porque não falta nada.

Dornelas ficou ressabiado com a resposta, mas decidiu voltar ao assunto depois, no dia seguinte, quem sabe. Era hora de encerrar a conversa e voltar para casa. A cachaça começava a fazer efeito e ele passou a se sentir pesado e sonolento. O delegado bebeu o que restava no copinho e pediu a conta ao barman.

– Se eu precisar, como faço para encontrar você?

Marias da Graças abriu a bolsa e tirou um cartão de visitas, que balançou no ar entre os dedos.

– Homem nenhum passa por essa fase em que o senhor está sem uma ajudinha profissional. Não use com moderação. Ok, meu amor?

Ela lhe entregou o cartão.

Em razão da luz fraca, Dornelas não conseguiu distinguir o borrão em silhueta humana, sequer o texto. Tirou o celular do bolso e acendeu a lanterna. No centro havia uma foto de Maria das Graças vestindo lingerie preta em pose insinuante. Na parte de baixo, o endereço de um site e um número de celular. Acima, lia-se:

Creche de Maridos
Sua mulher está sem tempo? Eu cuido de você.
A babá aqui tem experiência e não tem frescura.

★

Levinho e contente, porém exausto, Dornelas saiu do Centro Histórico e encontrou o carro, que deixou estacionado na rua, em frente a uma sorveteria.

Com a chave na mão, estacou ao lado do veículo e se deu conta de que estava prestes a dirigir após ter bebido uma dose de cachaça. Ele não gostava de ver-se como um agente da lei quebrando a lei.

Merda.

Dornelas não tinha medo de uma blitz, pois nenhum agente de trânsito pararia o carro do delegado, mas temia fazer uma bobagem, especialmente da que deriva de excesso de confiança.

O que fazer?

Uma vez que o percurso era curto, resolveu correr o risco.

Entrou no carro, deu a partida e colocou para tocar *A Dança dos Cavaleiros*, um dos seus movimentos prediletos de *Romeu e Julieta*.

Embalado pelos acordes dramáticos da composição de Prokofiev, e pelas curvas exuberantes de Maria das Graças, que davam cor e forma aos seus pensamentos, estacionou na porta de casa minutos depois.

Desligou o carro e saiu.

A alegria durou pouco.

Era possível ouvir o berreiro da rua.

★

Os gritos de Helena aumentavam conforme ele se aproximava do quarto.

Ao entrar, deparou com Dulce sentada na poltrona, lágrimas escorrendo pelas bochechas, o olhar cansado, em súplica, com a menina em seu colo agitando os braços no ar e berrando como louca.

Ambas pareciam exaustas por travar uma luta de fim incerto.

Dornelas tirou o paletó, jogou-o em cima da cama e foi ao banheiro lavar as mãos.

Ao voltar, Dulce o encarou e disse:

— Não consegui sair daqui, sequer ligar para você. — Ela ninava a filha entre os braços, sem sucesso. A gritaria não parava. — Não sei o que está acontecendo. O que faço?

Dornelas foi até ela, pegou a filha com todo o cuidado e aninhou-a contra o peito.

— Cólica. Roberta sofreu da mesma coisa. Não há o que fazer a não ser esperar passar. — Ele deu um beijo na testinha rosada e outro nos lábios da mulher. — A que horas ela mamou?

— Faz uma hora.

— Ela arrotou e você trocou a fralda?

— Sim.

— E você, já comeu?

— E como poderia? Estou faminta.

— Tome um banho e coma com calma. Assumo aqui.

Dulce levantou da poltrona e ele ocupou seu lugar com Helena no colo, aos berros.

— Faça um favor — disse o delegado. — Traga aquela caixinha de som portátil do nosso quarto e pegue o celular no bolso do meu paletó.

Dulce saiu do quarto e voltou segundos depois com uma caixa de som preta cilíndrica pouco maior que uma lata de Coca-Cola; enfiou a mão no bolso do paletó e puxou o celular e um cartão de visitas, o de Maria das Graças, que caiu no chão.

A mulher debruçou-se para pegá-lo, viu do que se tratava e disse, em tom inquisitivo:

— O que significa isso?

Dornelas não se abalou.

— Saí agora do inquérito com Maria das Graças. Era ela a acompanhante da vítima de ontem à noite.

— Onde foi isso?

— No Abajur Lilás.

Dulce se enfureceu.

— VOCÊ ESTAVA SE DIVERTINDO NUM BAR COM UMA PUTA E EU AQUI ME DEBATENDO COM HELENA?

Dornelas levantou uma mão no ar pedindo que ela moderasse o tom de voz.

– Falar mais baixo para quê? Ela já está acordada!

Dornelas encheu os pulmões de ar e esperou os pés fincarem no chão antes de dizer com muita calma.

– Eu estava trabalhando. Além do mais, como eu ia saber que você estava se debatendo? Se tivesse me ligado, eu teria vindo direto para cá.

A mulher apertou o cartãozinho entre os dedos e picou-o em pedacinhos.

– Obrigada pela ajuda – disse Dulce, exasperada, e deu-lhe as costas.

Com a filha ainda aos berros no colo, Dornelas bufou e disse para a mulher, antes de ela sair do quarto às patadas no piso de tábuas:

– Ainda preciso do celular e da caixa de som.

Dulce voltou menos de um minuto depois e lhe entregou os aparelhos.

– Faço isso por ela.

Saiu pisando firme.

Dornelas ligou a caixa, conectou-a ao celular e colocou para tocar, em volume suave, *Prélude à l'après-midi d'un faune*, de Debussy.

★

De banho tomado e barriga cheia, Dulce voltou ao quarto da filha uma hora mais tarde. Espantou-se, já no corredor, ao notar que os únicos sons que emanavam de lá se limitavam aos acordes de uma música clássica delicada.

Ao entrar, viu Helena dormindo aninhada numa almofada no colo do pai, que também dormia a sono solto com a cabeça curvada sobre a lateral do encosto.

Com uma ponta de inveja, cuidadosamente carregou a filha e ajeitou-a no berço, a um metro dali; cobriu-a, deu-lhe um beijo na fronte e, a caminho da porta, apagou a luz.

No íntimo, o desejo de que marido dormisse a noite toda na poltrona. E acordasse com torcicolo.

★

O primeiro grito ecoou no escuro, agudo e desesperado.

Como que impulsionado por uma mola, Dornelas deu um salto da poltrona e ficou de pé. Esfregou os olhos e avançou um passo para onde pensava estar o criado-mudo e o abajur.

Errou.

Esbarrou no berço de Helena e arrastou-o por quase um metro produzindo um rangido exasperante. Por pouco não se estatelou no chão.

Os berros da filha se intensificaram. E, como por milagre, a luz do quarto se acendeu.

Dulce entrou correndo; aflita, pegou a filha no colo e aninhou-a entre os braços; ajeitou-se na poltrona e descobriu o seio; Helena sugou-o com fervor.

O silêncio voltou a imperar.

De pé no quarto, sentindo-se um palhaço trapalhão, Dornelas recebeu um olhar reprovador e um aceno para que sumisse dali.

E assim o fez.

Entrou em seu quarto cabisbaixo e se despiu. Foi ao banheiro e tomou um banho longo e quente. Voltou ao quarto, vestiu cueca, camiseta e se deitou.

Ao afundar a cabeça no travesseiro, considerou oferecer ajuda para trocar a fralda da filha ao término da mamada.

Desistiu.

O momento exigia que fosse, se possível, invisível.

A vergonha e a humilhação não foram capazes de mantê-lo acordado por muito tempo.

O sono levou a melhor.

★

Os sabiás, pardais, maritacas e sanhaços começaram o escarcéu na mangueira do vizinho antes de o sol raiar. Dornelas acordou com a cantoria e olhou as horas no celular: 5h38.

Mesmo tendo dormido sabe lá quantas horas na poltrona da filha, sentia-se bem e descansado. Mentalmente fez contas e concluiu ter dormindo, entre poltrona e cama, dez horas no total.

Se deu conta de que tinha fome.

Resolveu levantar.

Por razões óbvias, saiu de fininho da cama, foi ao banheiro, fez a higiene, vestiu-se no escuro e desceu sem fazer barulho.

Lupi foi atrás.

O delegado colocou comida no potinho do cachorro; pegou uma cumbuca no armário da cozinha para si e preparou seu goró, a receita certa das horas incertas: seis colheres de farinha láctea, duas de leite em pó e um copo de água. Mexeu bem e comeu em poucos minutos.

Saciado, foi à sala, prendeu a guia à coleira de Lupi e saiu para a rua com ele.

Nuvens em forma de algodão desfiado pairavam sobre as montanhas diante de um céu acobreado. O sol não havia surgido, mas o bafo era palpável.

A previsão indicava um calor infernal.

Capítulo 10

Com a popularidade em baixíssima conta em casa, Dornelas entrou na delegacia às 7h30 e desejou um bom dia para Arlete, a recepcionista que ficara de plantão durante a noite e madrugada e cujo expediente chegava ao fim. Marilda ocuparia o posto às 8.

Seguiu para o corredor das salas.

No caminho, trocou algumas palavras com Hildebrando, o escrivão, que digitava no teclado do computador o depoimento de um rapaz cujo celular havia sido roubado na folia da noite anterior. Sua peguete, ficante, parceira, namorada ou esposa, tão difícil é definir os relacionamentos dos dias hoje, dormia com a cabeça em seu ombro.

A vida de todos os dias, pensou o delegado e seguiu adiante.

Ao entrar em sua sala, fechou a porta atrás de si e foi conferir a tomada detrás do arquivo de pastas suspensas.

Intacta.

Aliviado, pendurou o paletó no espaldar da cadeira, ajeitou-se nela e varreu o ambiente com os olhos como um espião desconfiado.

Tudo tranquilo.

Abriu então a gaveta, desnudou duas tiras da barra de chocolate ao leite e começou a comer um quadradinho por vez, bem devagar. Sentindo-se seguro e em paz, apoiou os pés no tampo da mesa, mergulhou para dentro de si e passou a bolar um plano para capturar o bando que estava aterrorizando Palmyra e Marealto.

★

Esparramado na cadeira e imerso em seu próprio mundo e pensamentos, mal reparou que o celular havia começado a tremer sobre a mesa. Com um bebê em casa, tornou-se imperativo o silêncio absoluto na residência, sobretudo no quarto da filha. Por isso, nada de *ringtones*.

Voltou à realidade e atendeu.

— Dornelas.

— Doutor, Chagas aqui. Como vai o senhor?

— Indo. E você?

— Com boas novas.

O delegado se endireitou no lugar e afiou os ouvidos.

— Quais?

— Melhor eu contar pessoalmente. O senhor está na delegacia?

— Sim. Venha já — rebateu, ansioso.

— Estou a caminho.

Dornelas desligou e levantou-se. O telefonema do chefe da Perícia deixou-o animado. Destacou outra tira da barra de chocolate e enfiou-a todinha na boca.

Segundos depois, uma batida na porta.

— Entre — disse Dornelas, fechando a gaveta para esconder seu pequeno pedaço de paraíso de olhares gulosos.

A porta se abriu e Solano enfiou a cabeça no vão.

— Bom dia, doutor.

— Caiu da cama também?

Solano escancarou a porta e entrou.

— Não consegui dormir. A imagem daquele sujeito sem um pedaço da cabeça aterrorizou minha noite.

— Sei como é — disse, condescendente. — Chagas está a caminho daqui. Segundo ele, com boas novas. Sabe lá o que isso significa. Quer ficar para o papo?

— Pode ser. Que tal um café antes?

— Se você buscar. Não quero sair daqui.

– Volto já.

Solano bateu a porta e o delegado olhou de novo para a tomada detrás do arquivo. No íntimo, viu-se como um cão de guarda leal e feroz que jamais abandona seu dono, no caso, o anel.

Estou ficando neurótico com esse treco, pensou.

Voltou a se sentar.

★

Dornelas e o investigador haviam terminado o café há muito e estavam jogando papo fora quando Chagas chegou quinze minutos mais tarde. O chefe da Perícia entrou na sala segurando folhas impressas numa das mãos.

Dornelas o convidou a sentar e ofereceu um café. Chagas recusou. Aos olhos do delegado, o homem exalava ansiedade.

– E então, quais as boas novas? – perguntou Dornelas.

Chagas dispôs sobre a mesa seis folhas A4 como cartas de um baralho, uma seguida da outra. Em cada folha havia a foto ampliada de um objeto metálico retorcido. Depois de uma breve análise, Dornelas concluiu ser de ângulos diferentes de um projétil, certamente o disparado pela arma do crime.

– Qual o calibre? – perguntou o delegado.

– Calma lá, doutor. Vamos por partes.

Dornelas coçou a cabeça, pois sabia que o chefe da Perícia era um pentelho crescido em matéria de minúcias. E em casos como esse, uma raridade em Palmyra, nem em pensamento Chagas perderia a oportunidade de vomitar seu extenso conhecimento em análise balística.

– Ok. A bola é sua – disse, enfastiado.

Solano, na cadeira ao lado da de Chagas, mantinha, sobre as fotos, o pescoço esticado como o de uma tartaruga.

– Após criteriosas análises – disse o chefe da Perícia, que passou, de modo garboso, a apontar detalhes nas folhas à sua frente –, o senhor pode notar que, mesmo após o embate do projétil contra a parede, que foi enorme, a base do mesmo se manteve relativamente preservada, de forma que ficou relativamente fácil identificar as impressões de raias do cano e, portanto, o calibre da arma.

— Ótimo. Qual o calibre? — insistiu Dornelas.

— Já chego lá.

O delegado bufou. Chagas prosseguiu com a cantilena.

— Vale dizer que analisei com cuidado os estriamentos laterais finos, as deformações e o peso para chegar à minha conclusão. O senhor sabe que os estriamentos são produzidos pelas saliências e reentrâncias apresentadas na alma do cano da arma.

Dornelas perdeu a paciência.

— Qual o calibre, Chagas?

— O senhor não quer mesmo ouvir minha explicação?

— Não — cortou o delegado.

O chefe da Perícia ficou amuado com a rispidez da resposta, mas como não quis contrariar o chefe, emendou:

— Um projétil .338 Lapua HPBT Sniper 1 produzido pela CBC.

— Como você chegou a isso? — quis saber Solano.

— Pelas medidas, 8,58x70mm e pelo peso. Reforça minha tese a massa e o diâmetro do que restou do projétil, mesmo deformado. O mais importante vem agora: esses tipos de impressões de raias são compatíveis com armas usadas aqui no Brasil.

— De que arma estamos falando? — perguntou o delegado.

— Bom, pelo calibre consigo estimar a medida do cano...

Dornelas começava a perder a paciência.

— Chagas, cacete!

— Tudo indica tratar-se de uma Blaser R93 LRS2.

— Quem usa esse tipo de arma aqui no Brasil?

— O senhor não vai gostar de saber.

— Diga.

— A Polícia Federal.

Dornelas emudeceu com a resposta. Em seguida, foi tomado por um desânimo atroz e largou o corpo no encosto da cadeira.

– Você está dizendo que alguém da Polícia Federal assassinou aquele sujeito? – inquiriu Solano.

Chagas voltou-se para o investigador.

– Não. Estou dizendo que a arma usada é igual à que a Polícia Federal usa.

Solano assentiu com um movimento da cabeça e perguntou:

– Você tem como identificar a arma que fez isso?

– Só com ela em mãos para realizar um exame balístico – respondeu Chagas.

Dornelas cruzou as mãos no queixo e apoiou os cotovelos nos braços da cadeira. Refletia. Ao terminar, perguntou:

– Colecionadores, atiradores e caçadores usam esse tipo de arma?

– Sim, senhor – disse Chagas.

– E a PM e o Exército? – interveio Solano.

– Só usam Imbel. Arma e munição. A Imbel não dispõe de arma nem munição calibre .338. E essa da CBC, doutor, a HPBT, *Hollow Point Boat Tail*, faz um estrago terrível.

Dornelas avançou para cima da mesa e encarou Chagas, o olhar firme de uma águia, os vincos fundos e intensos na fronte.

– Você tem certeza disso? – ressaltou – Não posso sair por aí à procura de uma arma sem ter absoluta certeza. Em especial uma usada pela Polícia Federal.

Chagas não se encolheu pela intimidação e disse, assertivo:

– Sem a arma em mãos, impossível ter cem por cento de certeza. Mas estou bem seguro do que estou falando. Essas armas são minha paixão. Conheço bem as características de cada uma e o estrago que fazem.

– Repita o nome da arma e o calibre, por favor – pediu Dornelas.

Chagas atendeu ao pedido. Dornelas anotou no bloco de notas e perguntou:

– Muito bem. Mais alguma coisa?

– Sim, senhor. Estou a caminho da Casa da Cultura para recolher as digitais do pessoal para comparar com os vestígios que coletei na chave. Não espero encontrar muita coisa nisso.

– E quanto à pólvora numa das fendas do terraço?

– Se houver algum vestígio, vou retirar também. Mas depois dessa conclusão da arma, vai servir apenas para confirmar o local exato do disparo. Nada mais do que isso.

– Siga em frente.

Chagas ficou de pé e começou a recolher as folhas sobre a mesa. Dornelas emendou:

– Falei para você analisar marcas de pegadas no peitoril de um dos terraços?

– Não, senhor.

Dornelas explicou o que fazer e em qual dos terraços trabalhar. E arrematou:

– Não se preocupe com os relatórios. Concentre-se na obtenção das provas. A papelada fica para depois.

Chagas apertou a mão do chefe, a de Solano, e antes de dar-lhes as costas recebeu um belo trabalho de Dornelas.

O chefe da Perícia saiu de peito estufado.

★

– Isso complica bem o meio de campo – disse Solano ao chefe, cuja mente fervilhava em especulações.

– Ou não – rebateu Dornelas.

– Como assim?

– As armas e munições usadas pela Polícia Federal têm números e lotes de controle. Além disso, ficam sob custódia até que um agente precise usar. E quando precisa, esse agente deve entregar um ofício de modo a justificar o uso e dar um prazo para a devolução.

– O que significa...

– Que temos três possibilidades – Dornelas levantou uma mão fechada no ar e passou a abrir um dedo de cada vez. – Primeira, alguém da Polícia Federal cumpriu os trâmites da arma e usou-a na execução. Para mim, a mais improvável porque é a mais fácil de ser rastreada. Segunda: um caçador, atirador ou colecionador usou uma de suas armas. E terceira: alguém comprou uma arma e atirou por conta própria. De novo, ambas improváveis, porque também podem ser rastreadas, uma vez que o Exército é o órgão que controla a compra e venda de armas no Brasil. E nesse tipo de arma, proibida de ser vendida em lojas, o controle é ainda mais rigoroso.

Solano estava boquiaberto com o raciocínio do chefe, que prosseguiu:

– Todas essas possibilidades têm apenas uma coisa em comum.

– Qual?

– O atirador de elite. Nesse caso, temos duas alternativas. Uma: ele pode ter sido contratado por um mandante. E duas: ele mesmo pode ter executado seu próprio plano. Mas essa segunda opção me incomoda.

– Por quê?

– Qual o motivo para um *sniper* matar um atravessador de joias roubadas?

– Ele faz parte da investigação do roubo da joia? Gente de dentro do DEIC? – tateou Solano.

Dornelas franziu o rosto.

– Essa é uma acusação muito séria – ponderou o delegado. – É fato que nos dias de hoje não se pode colocar a mão no fogo por ninguém, mas não acredito nessa linha de raciocínio. Sou inclinado a acreditar que um mandante contratou um atirador.

– Mas será que o sujeito precisava ser tão bom assim, doutor, quero dizer, um atirador de elite? A distância da Casa da Cultura para o Largo do Rosário não chega a 200 metros – ponderou Solano.

– E acertar a cabeça de um homem sambando? Isso é coisa de profissional – afirmou o delegado.

– Tem razão. O que o senhor pensa em fazer?

Já com a mente em outro lugar, Dornelas não quis responder à pergunta, mas puxou o telefone do gancho e discou três teclas.

— Marilda — disse assim que a recepcionista atendeu. — Ligue imediatamente para o delegado Protásio Marcondes, da Polícia Federal.

— É pra já, doutor.

Desligou e voltou-se para Solano.

— Você ou alguém mais encontrou um celular com a vítima?

Solano vasculhou a mente por um instante e respondeu:

— Esqueci de procurar, doutor. Falha minha. Fiquei tão perturbado com a cena do crime. Quer que eu pergunte ao Chagas?

— Quero. Faça isso agora, da sua sala. Vou falar com a Polícia Federal. Trocamos figurinhas mais tarde.

Solano acatou a ordem e saiu.

★

Dornelas esperou bem mais do que gostaria para o telefone tocar, mas tocou. Tirou-o do gancho num safanão.

— Protásio? — disparou o delegado.

— Estou passando, doutor — disse Marilda.

Um clique e uma voz surgiu:

— Joca?

— Bom dia, Protozoário. Como vai?

Uma gargalhada do outro lado da linha.

— Você não esquece esse apelido!

— Impossível.

Ao fundo, Dornelas ouviu o tique-taque de dedos sobre um teclado.

— E então, o que precisa? — perguntou Protásio.

— Estou com um caso cabeludo aqui.

— Fiquei sabendo. Executaram um atravessador de joias no meio do carnaval.

— Essa não é a pior parte.

— Tem pior?

— A arma do crime.

– O que tem ela?

– O chefe da Perícia examinou o projétil. Segundo ele, a arma usada é uma... – Dornelas colocou os óculos de leitura, puxou o bloco de notas para diante dos olhos e leu em voz alta – ... Blaser R93 LRS2. E a munição uma .338 Lapua Magnum HPBT Sniper 1 da CBC.

– Puta que pariu! – disparou Protásio. O tique-taque no teclado sumiu.

– Foi o que pensei quando soube que vocês usam essa arma.

Um silêncio, depois um fungado e Protásio disse, pesaroso:

– Isso fica entre nós. Ok?

– Claro.

– Pois bem. Na semana passada tivemos o furto de uma arma e uma caixa de munição idênticas a essas na nossa unidade em Ponta Porã, no Mato Grosso do Sul.

– Como isso aconteceu?

– Não faço ideia. Simplesmente sumiram. Abrimos uma sindicância para averiguar quem era o responsável pela custódia naquele dia. Tudo parece em ordem. Mesmo assim, alguém comeu bola. Não tenho uma explicação para dar e não sei o que pode ter acontecido. Mas agora que a arma pode ter sido usada em Palmyra, o caso ganha outra dimensão.

– Ponta Porã – disse Dornelas, de si para si.

– Um inferno. Você já esteve lá?

– Uma vez para fazer compras naquela loja gigantesca no lado paraguaio.

– Shopping China.

– Essa mesma. Nunca vi coisa igual... o tamanho daquilo.

– Pois é. Ponta Porã é uma terra de ninguém e de todo mundo ao mesmo tempo. E aquela fronteira escancarada... é muito complicado controlar o que entra, sai e passa por ali.

Dornelas deu o assunto de Ponta Porã por encerrado.

– Voltando ao caso, não posso desconsiderar a possibilidade de um caçador, atirador ou colecionador ter usado uma arma similar.

Você tem um contato no Exército? Preciso rastrear essa arma. Eu tinha o do coronel Braga, mas ele se aposentou no ano passado.

— Se você não se incomodar, faço por aqui. O assunto agora virou pessoal.

— Obrigado.

— Por outro lado — ponderou Protásio — pretendo, primeiro, levantar o exame de balística da arma furtada. Temos tudo em arquivo. Com isso em mãos, seu perito tem condições de saber se a arma é ou não a usada no crime.

— Boa ideia. Porém, com isso cobrimos apenas parte do problema.

— Como assim? — rebateu Protásio.

— E o atirador de elite?

— Você está insinuando que pode ser um dos nossos?

— Posso desconsiderar essa possibilidade?

Um silêncio.

Dornelas foi capaz de sentir, pelo fio do telefone, uma tensão crescente em Protásio. Certamente, ele estava preocupado com a imprensa, caso um repórter fizesse a ligação de um *sniper* da Polícia Federal com o crime de Palmyra. A simples menção do envolvimento abriria uma tremenda ferida na imagem da corporação diante da opinião pública, especialmente em tempos de operação Lava-Jato, em que criminosos conhecidos procuravam, através de artifícios legais e ilegais, minar a credibilidade da força-tarefa no combate ao crime organizado.

— Puta que pariu — repetiu Protásio. — Preciso ver como lidar com isso. Não posso abrir uma sindicância para levantar essa informação. Se eu abrir uma investigação, isso vai bater na imprensa no dia seguinte. Estou frito.

— Mas e se tiver sido um agente seu? — perguntou Dornelas com cautela.

— Pior ainda. E mesmo que não tenha sido, como vou desmentir essa informação depois de divulgada?

Um silêncio. Protásio fungava de nervosismo.

– Isso significa... – cortou Dornelas.

– Acho difícil eu conseguir alguma informação concreta sobre isso. Estamos no meio do carnaval. Muitos dos meus agentes estão de folga. Não tenho como controlar o que eles fazem no seu tempo livre.

– Entendo – disse Dornelas, já desanimado.

– Veja, tenho duas operações em andamento nas favelas do Rio de Janeiro. Sei onde estão e por onde anda cada um dos meus agentes em operação. A questão é que estes representam uma parcela pequena do total que temos operando em território nacional. Mas você está esquecendo o principal: um atirador de elite tem imunidade legal para cometer assassinatos em nome do Estado.

– Mas só para soluções de crises de tomada de reféns.

– Exato.

– Não é o caso. O sujeito morto em Palmyra, mesmo sendo um criminoso, não se enquadra nessa situação – disse Dornelas.

– Não. E se esse assassinato em Palmyra foi perpetrado por um dos nossos agentes, ele deve responder por isso – completou Protásio.

– Mas...

– Não posso me aprofundar nisso agora.

– Por quê? Estamos entrando em terreno pantanoso? – desafiou Dornelas.

– Entrando, não. – respondeu Protásio, irônico. – Estamos nele até o pescoço.

– Você está sugerindo que eu deva esquecer o atirador de elite e concentrar minha investigação no mandante?

– Se ele existir.

– Porra, Protásio! – disparou Dornelas, sem pensar.

Por um instante, Dornelas considerou que a conversa o tenha levado a um beco sem saída.

– Façamos o seguinte – sugeriu Protásio – não divulgue o conteúdo dessa conversa e mande uma cópia do relatório da Perícia assim que possível. Da minha parte, vou apertar o cerco por aqui. Passo o que conseguir assim que tiver alguma coisa concreta em mãos.

— Combinado. Abraço forte e nos falamos, Protozoário — disse Dornelas, para aliviar a tensão.

Protásio, de tão nervoso, sequer riu.

— Outro, Joca.

Desligaram.

Dornelas largou o corpo na cadeira e lamentou não ter considerado essa quarta possibilidade, de a arma do crime ter sido furtada da própria Polícia Federal.

Quem poderia imaginar?

★

Tudo estava acontecendo rápido demais e se complicando na mesma velocidade e ao mesmo tempo. Na primeira parte da conversa com Protásio, Dornelas teve a certeza de que a investigação avançava por um caminho nítido e limpo. Já na segunda, ficou em dúvida se havia caminho, qualquer um, a ser seguido. No íntimo, sentia-se com tudo e nada ao mesmo tempo. Mesmo assim, sentiu-se satisfeito, pois havia o sinal de que a investigação se encontrava em evolução. Pior seria se nada estivesse sendo descoberto e ele se visse num lamaçal de incertezas e falta de provas.

Seu espírito foi elevado pela constatação, a ponto de arriscar ligar para Dulce e sondar a situação em casa.

Pegou o celular e ligou no número dela, mesmo sabendo que o aparelho certamente estaria no modo silencioso. Um toque, dois. Num canto escuro da alma torcia para que ela não atendesse. Três, quatro. Assim que pensou em desistir e afastou o aparelho do rosto, a voz da mulher surgiu, afoita:

— Oi!

— Bom dia. Como você está? — perguntou, cauteloso.

— Tudo bem — respondeu Dulce, secamente. — Helena já mamou e está dormindo.

Dornelas viu-se como que recebendo um daqueles boletins genéricos e frios que as equipes médicas costumam emitir para não se comprometer com a imprensa, especialmente quando o paciente é uma figura importante.

– Neide chegou? – perguntou o marido.

– Está aqui, dando conta da roupa e limpando a casa.

– Ótimo. Você precisa de alguma coisa?

– Não, está tudo tranquilo.

Ao constatar que as minas terrestres haviam desaparecido do campo familiar, teve uma lembrança e perguntou:

– Você pode me dar o telefone da Zoraide? Preciso conversar com ela sobre o atentado de ontem à tarde.

– Onde vai ser o inquérito, no Luz Difusa? – bateu firme Dulce, seca e direta.

Dornelas suspirou do seu lado da linha.

– Menos. Você está exagerando.

– Você acha?

– Tenho certeza.

Um silêncio, que Dornelas achou melhor não quebrar, e Dulce disse, impaciente:

– Anote aí!

Ele pegou uma caneta e anotou o número no bloco de notas.

– Obrigado. Se precisar de alguma coisa, você me chama?

– Arrã. Nos falamos.

– Um beijo.

– Outro.

Dulce desligou antes dele. Dornelas colocou o celular sobre a mesa e abriu a gaveta.

Ele precisava urgentemente de um belo naco de chocolate.

Capítulo 11

Dornelas tentou o número de Zoraide três vezes e nas três a ligação sequer tocou, mas foi direto para a caixa postal. O celular deveria estar desligado, concluiu. Não quis deixar recado. Ligaria mais tarde.

Uma vez que todas as engrenagens da sua estrutura de investigação – investigadores, perícia e agora Polícia Federal – estavam em campo e atuando, colocou seu aparelho sobre a mesa e se deu a divagar no que fazer a seguir.

Uma batida na porta. Quem quer que fosse, não aguardou um convite e entrou. Era Solano, que foi logo dizendo:

– Chagas não encontrou celular com a vítima.

Dornelas ponderou a informação por um instante e completou:

– Se o Chagas nada encontrou, no IML o celular não chegou.

Solano abriu um leve sorriso por causa da rima e perguntou:

– E agora? Será que foi roubado no meio da balbúrdia?

– Pode ser – disse Dornelas, que teve uma ideia e ficou de pé. – Já volto.

Recolheu o paletó do espaldar da cadeira e ganhou o corredor.

★

Saiu da delegacia, atravessou e desceu a pé a avenida principal até o fim e chegou à pesada corrente que separava a cidade nova do Centro Histórico. Pulou-a e seguiu para o final do quarteirão. Pegou à esquerda na Rua do Comércio e dois quarteirões adiante estacou em frente à porta do restaurante Pippo.

Fechado. Olhou o relógio: 9h36.

Presumiu que os preparativos para o almoço deveriam estar em andamento, alguém devia estar trabalhando àquela hora.

Os vidros quadriculados da porta da entrada estavam cobertos por uma cortininha rendada de pontos miúdos, impedindo-o de ver qualquer movimento no salão.

Uma vez que o Pippo se situava na esquina de uma imensa casa que tomava todo o quarteirão, onde em sua maior parte funcionava uma tradicional pousada de Palmyra, Dornelas ganhou a recepção, pediu licença à atendente e procurou acesso ao restaurante pelo pátio interno do hotel.

Fechado também.

No entanto, nada bloqueava a visão para o salão. Havia gente circulando ali e na cozinha.

Fez um nó com os dedos e bateu num dos vidros.

Um rapaz voltou-se para onde vinha o barulho e, ao ver um homem de terno e gravata do lado de fora, sinalizou com as mãos que o restaurante estava fechado.

O delegado resolveu ser mais enfático e levantou o distintivo. O rapaz se aproximou e abriu apenas um palmo da porta.

— Pois não? — perguntou pelo vão.

— Eu gostaria de conversar com o gerente, maître..., enfim, com algum responsável — disse Dornelas.

O sujeito escancarou a porta e disse:

— Pode ser comigo. Sobre o que é?

— Podemos sentar um minuto? — rebateu Dornelas.

— Ah, desculpe — disse o rapaz e ofereceu a mão. — Meu nome é Silvano. Sou o gerente.

O delegado completou o aperto e se apresentou. Silvano o conduziu a uma das mesas próximas à porta e pediu a uma garçonete que trouxesse dois cafés. Ela se livrou de uma pilha de pratos e cumpriu a ordem.

Com as apresentações feitas e os cafés a caminho, Dornelas entrou no assunto.

– O senhor soube do assassinato ocorrido na noite retrasada em frente ao Largo do Rosário?

– Quem não soube!? O sujeito jantou aqui antes de ser morto. Estamos todos chocados.

A garçonete chegou carregando uma bandeja com duas xícaras com café fumegante e um potinho com sachês de açúcar e adoçante.

– Obrigado – disse o delegado.

A moça se foi.

De modo estudado, ele pegou um sachê de açúcar, abriu-o, despejou o conteúdo na xícara e mexeu com uma colherzinha.

– Ele estava acompanhado?

Silvano levantou sua xícara, assoprou e deu o primeiro gole. Pousou-a no pires e respondeu:

– Com uma mulher bem chamativa. Ela se chama Maria das Graças. Tremendo avião. Hoje em dia se intitula como modelo. Por isso, passou a cobrar o dobro. O senhor deve conhecer ou ter ouvido falar dela.

Essa parte da história bate, pensou Dornelas.

– Sei quem é. – Dornelas deu o primeiro gole e, com a xícara ainda levantada, prosseguiu: – O senhor lembra de alguma coisa que tenha chamado sua atenção?

Dornelas deu uma bebericada. Silvano levantou sua xícara e, com um olhar vago, a manteve no ar. Parecia esquadrinhar a memória, os olhos à procura de algum vestígio de informação.

– Além da mulher, nada em especial – respondeu Silvano. – Lembro de terem bebido vinho branco..., ele comeu uma massa com frutos do mar e ela um peixe. O senhor quer a nota fiscal?

Dornelas refletiu por um instante e respondeu:

– Não é necessário. Mas guarde, caso eu venha precisar no futuro. – Bebeu da sua xícara, que chegava à metade. A nota fiscal não tinha importância. Outra coisa ocupava sua mente. – Você lembra de tê-lo visto com um celular?

– Quem não tem celular nos dias de hoje?

– É, mas...

— Sim. Ele tinha um e não desgrudava dele. Eu aqui pensei: o cara arruma um mulherão e fica o jantar inteiro enfiado naquela merda? Que desperdício!

Dornelas lançou um olhar condescendente. Silvano se estendeu:

— Isso é uma doença, doutor. Veja o senhor: o turista vem a Palmyra, gasta uma grana em hospedagem, em bons restaurantes... esse é um dos melhores e mais caros da cidade, e não larga o celular! Para que veio, então? Melhor ter ficado em casa.

— Sei como é — disse o delegado num meneio da cabeça. — Você lembra se ele esqueceu o aparelho na mesa?

— Tenho certeza que não — respondeu o gerente, sem titubear. — Depois de beber um cálice de licor 43, levei a maquininha do cartão para ele pagar. E assim que pagou, levantou com o celular na mão e foi embora.

— O senhor tem certeza disso?

— Absoluta, pois sempre olho se os clientes não deixam nada para trás. O aparelho estava na mão dele. Eu mesmo os acompanhei até a porta. Tenho certeza.

Dornelas deu um último gole.

— Acho que isso cobre tudo. Quanto devo pelo café?

— Não esquente com isso, doutor.

— Muito obrigado.

— Conte conosco — disse Silvano.

O delegado e o gerente se levantaram, trocaram um aperto firme de mãos e o delegado saiu pela mesma porta pela qual entrou.

★

Dornelas considerou voltar à delegacia e pegar o carro.

Ponderou algumas questões da investigação e presumiu que o dia evoluiria sem grandes sobressaltos. Sentia-se bem a ponto de querer desfrutar de um tempinho ao ar livre.

Resolveu ir a pé. O percurso era longo. O sol, de um calor assassino, ainda mais para ele que vestia terno e gravata. Mas isso não era um problema. Dornelas estava acostumado e não tinha pressa.

Essa conjunção de fatores criou a oportunidade perfeita para uma caminhada meditativa pelo Centro Histórico. E de lá para a casa de Maria das Graças.

Ao dar-se conta de que a encontraria em breve, ficou ligeiramente tenso. Por que isso? Vasculhou a mente aqui e ali, sem sucesso. Quem sabe uma dose de cachaça o ajudasse a amortecer os sentidos e dar mais clareza ao raciocínio. Dornelas queria entender melhor esse conflito interno.

Entrou no Bar do Vito e bebeu uma dose de Canarinha.

Pagou, saiu, retomou a caminhada e se entregou a reflexões.

Não sabia a razão, mas depois do quiproquó com Dulce, rever o pivô da discórdia tão pouco tempo depois o deixava inquieto.

Foi preciso esforço para admitir para si mesmo que Maria das Graças mexia com ele. As razões eram óbvias: ela era uma mulher linda e disponível e ele um homem maduro e vigoroso. Além disso, seu casamento mudara com o nascimento de Helena; a prioridade de Dulce não era mais o marido, mas a filha.

Naquele exato momento, presumiu, o interesse de Dulce por ele beirava o zero.

Dornelas sabia que o tempo reverteria isso, mas era a segunda vez na vida que ele passava pelo mesmo processo, pois havia vivido experiência semelhante em seu primeiro casamento com Flavia depois do nascimento de Roberta, sua filha mais velha.

Nada mais natural.

Porém, desta vez era pior, a dor mais intensa.

Dornelas esquadrinhou brevemente a própria existência e, ao constatar que os filhos adolescentes moravam longe, havia um bebê que mal o conhecia em casa e a segunda mulher estava às turras com ele, sentiu-se triste, abandonado, e mergulhou num buraco profundo de uma escuridão envolvente. A mais pura solidão.

Não havia alternativa senão seguir adiante. E foi o que fez, pois quinze minutos depois bateu à porta de Maria das Graças.

★

Dornelas postou-se diante do portão e, ainda tenso, se aprumou no lugar e ajeitou o nó da gravata e apertou a campainha.

Aguardou um bocado.

Nada.

Contrafeito, desfez a pose e atravessou a rua na tentativa de ver algum movimento na vizinhança.

Nada.

Voltou, fez um nó com os dedos e bateu no portão com vigor.

Aguardou outro bocado.

Nada também.

Das duas, uma, supôs: ou Maria das Graças estava fora ou em casa e trabalhando.

Tirou o celular do bolso e ligou no número dela. Dois toques e uma voz masculina atendeu:

– Alô.

– Quero falar com Maria das Graças, por favor – disse o delegado.

O sujeito disse alguns palavrões e desligou. Número antigo, concluiu, e lamentou o fato de Dulce ter destruído o cartão de visitas que Maria das Graças lhe entregara na noite anterior.

Olhou o relógio, o movimento rua acima e abaixo... quem sabe ela apareceria em breve...

Sob o sol forte e os olhos cerrados para se proteger da luz intensa, aguardou mais um bocado. Nem um fio de movimento.

Deu a viagem por perdida. Tentaria outra hora.

Enfiou o celular no bolso, deu as costas para o portão e ouviu um rilhar de chaves na fechadura; virou-se, o portão se abriu e lá estava ela, com um vestido florido e leve e sem os adereços de antes. Enfim, o mulherão. Por um instante, Dornelas viu-se na adolescência, as mãos suadas e as pernas trêmulas da primeira vez com uma mulher.

– Não aguentou, né, doutor – disse Maria das Graças assim que o viu.

Irritado pela espera sob o sol escaldante, pela provocação e por ver-se vulnerável diante dela, Dornelas foi direto ao ponto.

– Onde está?

– Onde está o quê? – rebateu a mulher, secamente.

– O celular do seu cliente.

– Quem disse que está comigo?

Como uma locomotiva, Dornelas cruzou a soleira, passou por ela, que ainda segurava uma das folhas do portão, e estacou no pequeno quintal que separava o portão da porta principal, ainda aberta.

– Eu não convidei o senhor para entrar – disse Maria das Graças, exasperada.

– Onde está? Vamos, diga!

A mulher, sem ação, não respondeu. Dornelas entrou na casa.

– Onde pensa que vai? – gritou Maria das Graças, pasma com o atrevimento. Ela bateu o portão e saiu atrás dele. Entrou na casa, o pegou revirando as almofadas do sofá e gritou: – VOU CHAMAR A POLÍCIA!

Agarrado a duas almofadas, Dornelas voltou-se para ela.

– Eu sou a polícia. Então, onde está?

– O senhor não tem o direito de fazer isso!

Enfurecido, Dornelas jogou as almofadas no chão, puxou Maria das Graças para si e a beijou com voracidade, um beijo quente e molhado. A primeira reação dela foi de empurrá-lo para longe, afastá-lo, tirá-lo de cima, mas deu-se conta de que não tinha vigor muscular, muito menos vontade de resistir à força bruta, à virilidade, e entregou-se envolvendo-o entre os braços.

Depois de aproveitar o quanto pôde do beijo, sem aviso o delegado teve um estalo na alma, profundo e definitivo; afastou a mulher e, com um olhar enlouquecido, disse, de si para si:

– Errado. Está errado. – O delegado encarou Maria das Graças e emendou: – Me desculpe. Não sei o que deu em mim. Eu não deveria ter feito isso. Está errado, errado.

A mulher limpou a boca lambuzada com as costas da mão e disse:

— Esse foi o melhor beijo que levei na vida. E olha que já levei muitos.

Pasmo e envergonhado com o próprio comportamento, Dornelas se empenhou em recolher as almofadas do chão e arrumar o sofá, como se isso reorganizasse a bagunça que se instalara em suas emoções. Enquanto trabalhava, balançava a cabeça de um lado a outro e balbuciava *errado, errado* como um disco riscado.

Nesse meio tempo, Maria das Graças saiu da sala, foi ao quarto e voltou.

Ao terminar o serviço, Dornelas virou-se para ela e se deparou com um braço esticado em sua direção e um aparelho celular na palma da mão.

O delegado, espantado pela oferta, delicadamente pegou o aparelho, agradeceu e se desculpou mais uma vez.

— Obrigada pelo beijo — disse Maria das Graças. — Esse é por conta da casa.

O delegado enfiou o celular no bolso e foi embora.

★

Ao ganhar a rua, Dornelas puxou seu celular e apertou longamente os números 0 e 2 da discagem rápida. Por um instante, um pensamento divertido cruzou seu cérebro e lembrou do Presidente da República que nomeia intimamente os três filhos como 01, 02 e 03. Dornelas fazia o mesmo no teclado de discagem rápida com seus subordinados. Solano era o 01, Lotufo o 02, Caparrós o 03 e Jaqueline a 04. Peixoto, o vice-delegado, era relegado ao final da fila, o 05.

Abriu um leve sorriso e perguntou-se: *e Dulce?* Uma ponta de preocupação emergiu e foi logo extinta, pois Lotufo o salvou atendendo à ligação:

— Bom dia, doutor.

– Você está na delegacia?

– Acabei de chegar e estou de saída.

– Para onde?

– Encontraram um corpo perto da cachoeira da Penha.

– Homicídio ou acidente?

– Não sei dizer.

– A Jaque não pode cuidar disso?

– Posso ver com ela.

– Faça isso. Preciso bater um papo com você sobre o inquérito com Maria das Graças. – O delegado enfiou a mão no bolso do paletó e agarrou o aparelho celular de Everaldo. – Consegui o celular da vítima do Centro Histórico. Preciso que você arrume um jeito de carregar a bateria e quebrar a senha. Quero todos os contatos, ligações, Whatsapp, tudo.

– Como o senhor conseguiu isso?

– Maria das Graças.

– O senhor esteve com ela?

O delegado estacou por um momento e não quis admitir que acabara de sair da casa dela, quanto mais expor o beijo forçado.

– Ontem à noite – respondeu Dornelas, secamente. Ele não queria dar margem para especulações.

A resposta não convenceu Lotufo e a conversa caiu num vácuo.

– Estou a caminho daí – completou o delegado.

E seguiu resoluto para a delegacia.

Capítulo 12

De longe, Dornelas viu uma viatura saindo da delegacia, e notou que era Jaque ao volante.

O rabo de cavalo era inconfundível.

O carro entrou na avenida e rumou para a saída da cidade, na direção oposta à que ele desenvolvia.

Uma vez que não conseguiria falar com ela pessoalmente, puxou o celular do bolso e discou 0 e 4 da discagem rápida.

Jaque atendeu no viva-voz.

– Pois não, doutor.

– Você tem alguma coisa para mim?

– Se for a respeito das gravações da câmera de segurança da Casa da Cultura, nada. A imagem é péssima e as filmagens cobrem apenas o acesso ao auditório. E o pior, o sistema armazena apenas as últimas 24 horas. Todas as gravações captadas antes disso são automaticamente apagadas.

Dornelas intimamente lamentou essa informação e prosseguiu com outra pergunta:

– Você sabe o que vai encontrar na cachoeira da Penha? Lotufo não soube me dizer.

– Homicídio com arma de fogo. Já acionei o Corpo de Bombeiros.

– Ok. Me mantenha informado sobre isso. Preciso pensar em como abrir outra investigação.

– Pode deixar. Aviso o senhor assim que eu tiver mais informações.

– Obrigado – e desligou.

O delegado entrou na delegacia. Alegrou-se ao ver que a recepção estava vazia, sinal de que não havia nenhuma investigação mais importante do que a atual na pauta do dia. Não que ele fizesse qualquer distinção entre um crime e outro, pois entregava-se de corpo e alma a cada um com o mesmo empenho, senso de dever e responsabilidade, não importando se era um furto de celular, briga caseira, assassinato, estelionato ou roubo a bancos.

Depois de anos de experiência, ele desenvolveu uma espécie de sensor interno eficaz e capaz de detectar os impulsos que cada crime emitia. E isso podia ser medido em termos de pressão, como acontece com os pneus dos automóveis, em que o estímulo vem sempre de fora. No seu caso, dos jornalistas, da opinião pública, de dentro da corporação e quase sempre de políticos interessados em mobilizar seus redutos eleitorais.

E quanto mais espinhoso o crime, mais a verdade ficava refém de interesses alheios. Isso o incomodava profundamente. Por essa razão, alegrou-se ao ver que a imprensa tinha se mobilizado para Marealto, pelo menos por enquanto.

Dornelas tinha verdadeira ojeriza da imprensa, não como um todo, mas de alguns jornalistas, especialmente os que comprometiam a verdade em troca de vender mais jornais.

— Bom dia. Algum recado para mim? — perguntou a Marilda assim que se aproximou da mesa dela.

A mulher o encarou com a admiração comedida de sempre e respondeu:

— O doutor Amarildo ligou de novo e pediu retorno.

— De novo! E quando ele ligou pela primeira vez?

— Ontem à tarde, quando o senhor voltou não sei de onde vestido de mendigo.

Dornelas abriu um leve sorriso e teve um lampejo. Em mente refez a trajetória do anel, da caixa de ferramentas no IML ao esconderijo na tomada da sua sala. Respondeu:

— Ligue para ele em meia hora. Preciso antes conversar com Lotufo.

— Pode deixar.

O delegado ganhou o corredor das salas e estacou sob a soleira da porta de Lotufo, que estava enfiado no celular.

— Tá assistindo a algum filme de sacanagem? — perguntou para o investigador, que levantou os olhos para o chefe e baixou a mão com o aparelho.

— Não, doutor. Procurando o contato do faz-tudo que conheço aqui de Palmyra. Se eu não achar, passo lá.

— Podemos conversar um minuto?

— Claro.

Dornelas foi para sua sala. Lotufo se levantou e foi atrás. Ao chegar, se ajeitou numa das cadeiras de visitas. O delegado tirou o paletó, vestiu-o no espaldar da cadeira, afrouxou o nó da gravata e desabotoou o primeiro botão da camisa. Assim que sentou, espiou a tomada detrás do arquivo de pastas suspensas.

Intacto.

Contente, enfiou a mão num dos bolsos do terno e puxou o celular de Everaldo. Colocou-o e arrastou-o sobre o tampo da mesa na direção de Lotufo, que o agarrou.

— Aí está — disse o delegado.

— Como o senhor conseguiu?

Dornelas fez uma ginga com a cabeça e disse, orgulhoso:

— Tenho lá minhas técnicas de inquérito.

Lotufo tentou ligar o aparelho e nada. Bateria descarregada.

— Conte sobre o inquérito com Maria das Graças — quis saber o chefe.

O investigador discorreu em detalhes sobre o que Maria das Graças havia dito e o que ele, Lotufo, havia suspeitado. Para o delegado, nada de novo surgiu. Ele havia conseguido mais informações com ela do que o subordinado, a exemplo da dinâmica da vítima se vestir antes e depois da transa no quarto de hotel.

Dornelas pensou de novo no anel e reforçou sua intenção de manter a história restrita a um círculo pequeno, que não incluía nem mesmo Lotufo.

– Essa mulher é lisa, doutor – disse o investigador. – Difícil tirar alguma coisa dela.

– Sei como é. Mais alguma coisa?

– Por enquanto, é isso.

– Ótimo. Trabalhe no celular da vítima. Concentre-se nisso e apenas nisso. Cuidado! Essa é a única pista que temos com o possível cliente do assassino ou do próprio assassino.

Lotufo ficou de pé e disse:

– Deixe comigo – e saiu da sala.

Dornelas puxou o telefone do gancho e apertou três teclas.

– Marilda – disse assim que a recepcionista atendeu.

– Sim, senhor.

– Solano está na casa?

– Chegou faz dez minutos.

– Peça para ele vir à minha sala, por favor – preparou-se para desligar, mas retomou e disse: – E trazer um café também.

A recepcionista segurou uma risadinha:

– É pra já.

Desligaram.

Dornelas abriu a gaveta e lembrou do pedido que deveria ter feito ao Chagas e não fez. O chefe da Perícia certamente esperneária ao telefone. Ligou no número dele enquanto, em mente, preparava a melhor maneira de abordar a questão.

– Chagas – disse o delegado.

– Pois não, doutor.

– A Polícia Federal pediu o relatório do exame de balística. – E para adocicar um pouco o humor do homem, completou: – Reforcei que você fez um trabalho espetacular.

Um silêncio.

– Para quê? – disparou Chagas, ignorando o elogio.

– Eles querem comparar aquelas ranhuras no projétil com os registros das armas que usam.

– Mas o senhor não pediu para eu esquecer os relatórios e me concentrar na coleta de evidências?

– Sei disso, mas a PF... você sabe. Eles podem nos ajudar a identificar a arma exata que disparou aquele tiro.

Como previsto, Chagas bufou do outro lado da linha.

– Tudo bem. Vou mergulhar nisso assim que acabar aqui na Casa da Cultura.

Dornelas abriu a gaveta e desembrulhou um pedaço generoso de chocolate.

– Você encontrou alguma coisa por aí? – destacou uma fileira e enfiou-a na boca no mesmo instante que Solano entrava na sala com um copinho de café quente, pois um fio de fumaça saia dele. Com um olhar, o delegado o instruiu a se acomodar numa das cadeiras. O investigador obedeceu.

– Ele fugiu mesmo pelo telhado, no lugar que o senhor indicou – respondeu Chagas. – É preciso verificar por onde desceu a partir dali. Não tenho condições, nem mesmo físicas, de fazer isso.

– Fique tranquilo. Resolveremos por aqui. – Dornelas fez uma pequena pausa e retomou: – Posso contar com o relatório para hoje?

Chagas bufou mais uma vez.

– Pode.

– Obrigado e até mais – colocou o telefone no gancho e se voltou para Solano, que lhe entregou o café. – Tudo bem?

– Tudo. E com o senhor?

– Bem também – deu um gole e perguntou: – Tá na moleza hoje?

– O que o senhor tem em mente?

– Quero que você descubra a rota de fuga do atirador. Ele fugiu do salão da Casa da Cultura pelo telhado da casa vizinha. Precisamos descobrir como chegou à rua, e de lá Deus sabe para onde. Se você puder ir agora, Chagas vai mostrar de qual terraço ele pulou.

– Deixa comigo. Mais alguma coisa?

Dornelas pensou por um instante:

– Espere um pouco. Vou fazer uma ligação. Talvez surja alguma coisa nisso.

Dornelas pegou seu celular do bolso do terno, entrou na lista de números discados e apertou um deles. Dois toques e uma voz feminina sonolenta atendeu:

– Alôa!

– Zoraide! – disse o delegado.

– Sim. Quem é?

– Dornelas, marido da doutora Dulce – o delegado gostou de ouvir a própria voz dizendo essas palavras. Prosseguiu: – Tudo bem?

– Indo, né, doutor. Passei a noite em claro e chorando pelo que aconteceu ontem. Foi uma tragédia.

Dornelas pensou em um punhado de coisas para dizer, mas como não tinha intimidade com Zoraide para enveredar numa conversa de cunho emocional, apenas disse:

– Compreendo. Você pode falar um minuto? Preciso apenas de uma informação.

– Qual?

– Você teve tempo de abrir o corpo para saber se ele tinha alguma coisa a mais no estômago, tipo drogas ou joias?

– Não, senhor. Assim que tirei as roupas, encontrei o fio de nylon, o barbante e logo o saquinho com o anel. Ao ver do que se tratava, fui ao vestiário ligar para a doutora Dulce e aconteceu tudo aquilo.

Zoraide começou a chorar baixinho.

– Entendo – disse Dornelas, procurando ampará-la, mesmo que precariamente. – Você chegou a tirar o fio de nylon e o barbante da cintura do rapaz?

– Não, senhor – respondeu Zoraide, assoando o nariz. Depois de alguns segundos e fungados, completou: – Apenas cortei a pontinha com o anel.

– Você lembra de alguma coisa mais que tenha chamado sua atenção?

Um breve silêncio e a mulher respondeu:

– Olha, doutor. Achei estranho que levaram até as roupas do sujeito. O que eles estavam procurando?

O celular da vítima, pensou o delegado, mas decidiu omitir essa parte e respondeu:

– Não faço ideia. Algo mais?

– Humm, acho que não.

– Você me liga se lembrar de alguma coisa? Meu número deve estar registrado no seu aparelho.

– Sim, senhor.

– Obrigado.

– Arrã.

– OK, então. Procure descansar – disse Dornelas de modo paternal.

– Vou tentar. Não sei quando vou conseguir voltar ao trabalho.

Dornelas penalizou-se por ela e disse uma frase banal que, por experiência própria, poderia confortá-la de alguma forma:

– Dê tempo ao tempo.

– É o que me disseram. Obrigado.

– Obrigado a você. Fique bem.

Ouviu o clique do fim da ligação, afastou o celular da orelha e colocou-o sobre a mesa. Encarou Solano.

– Nada. Paciência – disse e uma ideia surgiu. – Ainda temos o contato daquele jornalista, o Frango?

– Posso ver.

– Chame-o aqui. Quero você participando desse papo.

Conhecedor das artimanhas do chefe, Solano intimamente supôs o que ele tinha em mente, mas resolveu não emitir comentário.

Despediram-se e o investigador ficou de pé e saiu.

★

Sozinho na sala, Dornelas refletiu sobre Maria das Graças e detestou-se por ter se envolvido com aquela mulher, especialmente porque o beijo poderia ser usado contra ele, dado que ela não era digna de nenhuma confiança.

Por outro lado, o beijo carregava tons de ousadia e transgressão que o fizeram sentir-se vivo, macho e dono do próprio destino, como se ele não tivesse mulher e filhos para quem prestar satisfação. Ele não tinha intenção de repeti-lo no futuro, mas gostou de saber que esses sentimentos ainda existiam dentro dele.

Dornelas refletiu então sobre o impacto disso em seu casamento. Ele teria algumas boas horas antes de encontrar Dulce novamente. Isso lhe daria tempo suficiente para que os acontecimentos com Maria das Graças se acomodassem na memória e ele pudesse agir com naturalidade diante da esposa sem precisar fazer um esforço consciente para isso.

Por mais que quisesse, não podia contar a verdade. Pelo menos não naquele momento, com um bebê de colo e a esposa com os nervos à flor da pele. Se precisasse, mentiria, mas desistiu dessa ideia. Ele não queria contaminar seu casamento com a dinâmica perniciosa que vivenciava diariamente na delegacia.

Que a mentira ficasse restrita ao trabalho.

Um conflito de alma se instalou dentro do peito.

De modo pragmático, optou pelo silêncio puro e simples, por mais que isso o isolasse no casamento e o distanciasse um pouco da mulher.

Esse era o preço a pagar por agir de modo impensado.

Por um instante, Dornelas sentiu-se pesado e sem vida, pois se deu conta de que, a partir daquele momento, um pedacinho de si ficaria trancafiado num cofre na alma e fora da relação. Lembrou do pai, que não podia compartilhar com ninguém da família os segredos da maçonaria. Isso o fez sentir-se muito próximo do velho, que era como o chamava. E compreendeu a mãe quando reclamava que o marido parecia viver uma vida dupla ao dedicar-se à maçonaria além do casamento.

O raciocínio voltou para Dulce e ele ponderou que as rusgas e o desinteresse dela passariam com o tempo. Sua experiência dizia isso, assim como dizia que casais se afastam e se aproximam dentro de uma relação, especialmente quando se coloca um bebê entre marido e mulher. Essa dinâmica de idas e vindas, como ondas no mar, o agradava imensamente. E naquele momento, no ponto em que estava, via-se novamente próximo da mulher que amava de modo profundo e verdadeiro.

Mesmo assim, intimamente reprovou-se por ter se deixado cair em tentação.

Como um fantasma, as liturgias dos tempos da escola lhe envolveram como um manto negro e sufocante. Dornelas afastou o pensamento e concentrou-se em Dulce, em Helena e na nova vida que estava construindo depois que Flavia o largou e levou os filhos mais velhos para morarem no Rio de Janeiro.

Por vontade própria ele jamais teria se separado de Flavia. O casamento não era lá essas maravilhas, mas era bom, e ele gostava da vida em família, dos filhos perto, do movimento na casa. Depois de muito refletir, concluiu que uma das razões da separação, talvez a mais contundente, é que ele havia se acomodado a uma rotina conveniente para si e seu trabalho, como se o universo girasse ao seu redor.

Seu trabalho ocupava um lugar muito importante em sua vida, talvez importante demais, certamente mais do que o normal. Mas o que seria o normal? O equilíbrio entre família e trabalho?

Talvez.

Mais de uma vez questionou-se se ele havia sido talhado para a vida a dois que tanto se esforçava em ter. Não raro, via-se no casamento como um náufrago que se debate em águas profundas e avista uma praia, mas nunca pisa em terra firme.

Nas primeiras semanas após Flavia partir com os filhos, Dornelas chegou a afirmar para si mesmo que dali por diante viveria sozinho e dedicado ao trabalho e à criação de Roberta e Luciano. A solidão só não seria completa por causa de Lupi.

Dornelas considerava a companhia do seu animal de estimação a mais verdadeira de todas, pois era desprovida de interesses, agendas ocultas e amparada pelo mais puro amor incondicional. Mal sabia que as manobras do coração despedaçariam essa carapaça de proteção que ele tanto se esforçou em criar.

Com a cabeça cheia de tanto pensar, Dornelas concluiu que ele havia conquistado com Dulce o equilíbrio entre sua vida pessoal e profissional, e que tinha com ela a vida que sempre quis ter. Ficou contente com a constatação e entristeceu-se no segundo seguinte. A distância dos filhos mais velhos surgiu como uma ilha de tristeza rodeada por um oceano de alegria e realização.

Por hábito, olhou o relógio. Nem era preciso, pois uma cratera parecia estar se abrindo na barriga.

A hora do almoço havia chegado.

Capítulo 13

Dornelas levantou-se, tirou o paletó do espaldar da cadeira e se preparou para sair. O apetite era carnívoro, assassino. Ele não conseguia pensar em nada além de um bife de dimensões jurássicas no bar do Vito. A meio caminho da porta, o telefone fixo tocou e automaticamente disparou um aviso em seu cérebro. Ele havia esquecido de retornar o telefonema do chefe. Num bote, agarrou o aparelho e colou-o na orelha.

– Doutor Amarildo – disse enquanto dava a volta na mesa e vestia o paletó no espaldar da cadeira mais uma vez.

– Não, aqui é a Jaque.

Dornelas estranhou, pois aguardava o tom empolado do Delegado Seccional e não a voz suave da investigadora. Reprogramou as engrenagens da mente, se ajeitou na cadeira e disse:

– Diga, Jaque. O que foi?

– Cheguei à cachoeira da Penha. A coisa aqui é mais complicada do que eu imaginava.

Dornelas apertou a mão em volta do aparelho.

– Por quê? O que aconteceu?

– O corpo foi encontrado no acesso para a cachoeira com um tiro no coração. Coisa de profissional, doutor. Atravessou o peito e abriu um buraco nas costas.

Atirador de elite!?, questionou-se o delegado, surpreso, endireitando-se na cadeira e fincando os cotovelos na mesa.

– Qual a posição do corpo?

– De lado, doutor, sobre o braço esquerdo. Por isso consegui ver o buraco nas costas.

Dornelas pensou na posição do cadáver e depois na forma correta de dar a instrução que desejava. Ao conseguir organizar o pensamento, disse:

— Ele caiu para trás no mesmo sentido da trajetória da bala. Procure sinais na trilha, na mata em volta, de onde pode ter partido o disparo. Veja se encontra pegadas, a cápsula do projétil e se este, depois de atravessar o corpo, ficou preso em alguma árvore ou coisa parecida

— Deixe comigo.

— Alguém mais se feriu?

— Não, senhor.

— Ótimo. O que mais?

— Ele estava seminu, com o calção de banho arregaçado até o meio das pernas — disse Jaque. — E tem uma coisa muito estranha. Havia um fio de nylon amarrado em volta da cintura e um barbante amarrado neste, na parte de trás, que pendia sobre a bunda.

Dornelas automaticamente estabeleceu a ligação entre esse crime e o do Centro Histórico.

— Havia alguma coisa amarrada na ponta desse barbante?

— Nada — respondeu Jaque, secamente.

Uma sucessão de possibilidades, misturadas a segredos e procedimentos policiais cruzou a cabeça de Dornelas como faíscas de um raio se irradiando numa noite escura.

— Procure saber como ele chegou até aí — disse o delegado, ansioso e ao mesmo tempo cauteloso para não falar mais do que devia. — Se foi de carro, carona, moto, a pé, o que seja. Quero a identificação desse sujeito o mais rápido possível.

— Pode deixar.

— Tem alguém com você?

— O dono da propriedade, que disse ter ouvido um tiro faz uma hora. Estou com dificuldades para segurar o público que não cansa de chegar.

— E os bombeiros?

— Estão a cinco minutos daqui.

Dornelas se contorceu na cadeira e disse:

— O Chagas está atolado, mas ligue e peça para ele mandar um assistente fazer a perícia. Não deve ser complicado. Os sinais estão claros — Jaque concordou e Dornelas completou: — Procure saber para onde vão levar o corpo. O IML de Marealto deve estar fechado por causa do atentado de ontem.

— Deixe comigo.

Ao fundo, o delegado ouviu vozes desencontradas, possivelmente de turistas curiosos diante de uma cena estarrecedora. Ele pensou em dar uma última instrução, mas a voz de Jaque ficou distante. A investigadora parecia estar trocando palavras com outra pessoa ali perto. Dornelas conteve a ansiedade e aguardou. Jaque retornou à ligação segundos depois.

— Desculpe, doutor. Tá chegando mais e mais gente aqui. Preciso de ajuda para conter o público.

— Vou ver o que posso fazer. Não garanto. Nesse meio tempo, me mantenha informado sobre cada passo.

Jaque se prontificou a isso e desligou.

Dornelas colocou o fone no gancho e dedicou-se a encontrar uma solução para dar apoio à sua investigadora, e com urgência. Revirou-se em pensamentos, mas se deu conta de que todo o seu pessoal estava ocupado atendendo outras frentes de investigação igualmente importantes. Solano estava à procura da rota de fuga do atirador na Casa da Cultura. Lotufo cuidava de extrair as ligações do celular de Everaldo e Caparrós estava em férias. Maldita hora de um investigador sair em férias. Pensou então no vice-delegado Peixoto e irritou-se por ter se deixado levar pelos insistentes pedidos dele de levar mulher e filho para visitar a sogra, e também avó do menino, no Rio de Janeiro.

Não havia alternativa, concluiu, Jaque teria de lidar com sua situação por conta própria.

Passou a mão no telefone e ligou para ela.

A investigadora informou que os bombeiros haviam acabado de chegar, o acesso à cachoeira havia sido fechado e o público contido à distância. Dornelas gostou do que ouviu, reiterou que ela o mantivesse informado de tudo e desligou.

Por um instante, cogitou ligar para Protásio, na Polícia Federal, e comunicar sobre esse novo homicídio que, como tudo indicava, havia sido praticado por um atirador de elite. Remoeu essa questão e desistiu. Era cedo demais. Ligaria mais tarde e apenas no caso de a Perícia encontrar o projétil do disparo, e apenas se esse fosse da mesma arma do crime do Centro Histórico.

Vendo-se como que preso a uma camisa de força, Dornelas ficou de pé na mal sucedida tentativa de se livrar das amarras que as circunstâncias o haviam colocado, e o telefone tocou novamente.

Agarrou e atendeu, nitidamente irritado pela situação e pela fome, que se manifestava em espasmos na barriga.

— Alô!

— Doutor Amarildo na linha — disse Marilda.

— Obrigado.

A voz de Amarildo surgiu depois de um acesso de tosse.

— Joaquim. Como vai?

— Bem. E o senhor?

— Vai começar com essa formalidade de novo?

— Perdão, perdão — respondeu Dornelas, tentando conter a fome, a irritação, a impaciência e os diversos assuntos que circulavam em sua cabeça, mas, para não perder o fio de raciocínio que se formava no cérebro, foi logo dizendo: — Aproveitando a ligação, acabamos de encontrar um corpo, na cachoeira da Penha dessa vez. Tenho quase certeza de que está ligado ao assassinato no Centro Histórico.

— Ligado como? — rebateu o chefe.

Dornelas transcorreu sobre os detalhes que Jaque passou, do tiro no coração ao fio de nylon e o barbante, e concluiu:

— Tudo indica que estamos lidando com tráfico de joias roubadas.

Amarildo deu um longo e profundo suspiro e disse:

— Era sobre isso que eu queria falar com você. Conversei longamente com o novo diretor do DEIC, um tal de Eusébio

Amaral. Ele revelou que o DEIC vem investigando há mais de ano uma nova rota para o tráfico de ouro e pedras preciosas para fora do país. Pelo que você descobriu até agora, essa rota é Palmyra.

Por alguns segundos, Dornelas lembrou dos livros de história dos tempos de escola e foi capaz de visualizar na tela da mente o mapa que fora obrigado a decorar. Havia uma linha escura que saía de Vila Rica, atual Ouro Preto, ziguezagueava e descia pela Serra do Mar, rumo à costa, e terminava em Palmyra, à época um rico entreposto comercial e uma das cidades portuárias mais importantes do Brasil. Na realidade, essa linha era uma estrada de pedra construída sobre a trilha utilizada pelos índios guaianazes, antigos moradores da região, e que servia para escoar o ouro encontrado em Minas Gerais nos séculos XVII e XVIII. Ao chegar a Palmyra, os lingotes eram embarcados em galeões e levados para engordar os cofres de Portugal.

— O novo Caminho do Ouro — disse Dornelas, em desalento.

— Isso mesmo. Só que dessa vez o butim vem apenas de São Paulo. Precisamos desbaratar essa quadrilha.

— Essa? Isso cheira a mais de uma. E estão em guerra.

— É bem provável. Você tem uma ideia de como lidar com isso?

Dornelas girou o corpo na cadeira e fitou a tomada detrás do arquivo.

— Tenho, mas ainda não está totalmente formada na minha cabeça.

Amarildo fez uma pausa para refletir e, depois de alguns segundos, disse:

— Ligue para mim quando as coisas estiverem mais claras.

— Conte com isso.

Abraços, desligaram.

Dornelas pegou o paletó e saiu. Era hora de comer alguma coisa e de colocar a cabeça para pensar.

★

Satisfeito com o que havia bolado, o delegado virou goela abaixo o restinho da cachaça, colocou o copinho na mesa e concluiu que era um plano ambicioso e arriscado. Se a execução desse certo, seria uma vitória e tanto contra o crime organizado. Se desse errado, uma tragédia.

Em mente, alçou voos ainda mais altos, de que a Polícia Civil de Palmyra seria elevada à glória suprema se efetivamente desbaratasse uma quadrilha de traficantes de ouro e joias que nem mesmo o DEIC, com suas diversas divisões de investigação, conseguia identificar, quanto menos combater. Seria uma tremenda vitória mostrar que existe vida policial inteligente numa cidadezinha histórica no eixo Rio-São Paulo.

Com o ego perigosamente inflado, levantou-se, assinou a conta do Bar do Vito, que todo final de mês acerta, e ganhou a rua.

No caminho de volta para a delegacia, passou no supermercado e comprou duas barras de chocolate ao leite. O estoque da gaveta estava chegando ao fim. Entrou, pagou e saiu com um pacotinho nas mãos.

Chegou à delegacia dez minutos depois com os neurônios trocando impulsos frenéticos à procura de alguma falha no plano que havia arquitetado. Uma vez que vidas humanas estavam em jogo, ele queria ter certeza de que havia reduzido as falhas ao mínimo possível.

Dornelas não estava cem por cento seguro ao entrar na recepção e se deparar com Solano ao telefone no lugar de Marilda. Presumiu que a recepcionista devia ter ido ao banheiro para se ausentar desse jeito.

Enquanto Solano falava, Dornelas olhou as pessoas à espera à sua volta. De um lado, haviam duas mulheres relativamente jovens e um homem de mais idade. Não pareciam estar juntos. Do outro, dois repórteres que ele conhecia bem e que exalavam disposição para trocar algumas palavras com o delegado. Na certa, o crime da cachoeira da Penha já havia chegado às redações dos jornais.

Dornelas não deu atenção aos jornalistas e foi ter com as mulheres e o homem.

— Vocês estão juntos? — perguntou aos três.

As mulheres se entreolharam e o homem se adiantou em responder:

— Eu estou sozinho.

— Nós estamos juntas — disse uma das mulheres, a mais velha.

Ambas vestiam sandálias, shorts jeans rasgados e camiseta. Marcas de biquínis molhados eram visíveis nos tecidos, assim como riscas de um pente grosso nos cabelos úmidos. Assim de perto, Dornelas pôde ver os laços dos sutiãs pendendo sobre as nucas de ambas, e perceber que as duas compartilhavam traços em comum. A diferença de idade não parecia grande. Seria um exagero presumir que fossem mãe e filha. Irmãs, talvez.

— Quem chegou primeiro? — perguntou o delegado ao grupo.

— Fomos nós, doutor — disse a outra das mulheres, a que parecia ligeiramente mais velha.

— Vocês já foram atendidas?

— O rapaz ao telefone ficou de nos atender assim que terminar a ligação.

— Um minutinho, por favor — disse Dornelas, que se afastou e foi ter com Solano, que seguia na conversa ao telefone.

O delegado aguardou alguns segundos e perguntou assim que Solano colocou o fone no gancho.

— Onde está Marilda?

O investigador lançou um olhar esmorecido para o chefe e disse:

— Teve de ir para casa às pressas para levar o filho ao médico. Parece que o garoto contraiu sarampo.

Dornelas coçou os olhos com os dedos, sentiu o corpo pesado como um monólito de granito e lamentou para si:

— Merda... e quando eu mais preciso de gente. — Voltou-se para Solano. — Alguma novidade na Casa da Cultura?

Solano pendeu a cabeça para o lado e deu uma boa olhada nos repórteres que aguardavam sentados e que pareciam querer captar cada palavra dita e não dita entre delegado e investigador.

— Vamos conversar lá dentro, doutor?

— Quem fica aqui?

— Vou chamar o Hildebrando. Ele está terminando um B.O. sobre um furto de documentos.

— E essas pessoas aguardando?

— O homem chegou agora. Não sei do que se trata. As duas mulheres vieram reportar um homicídio na cachoeira da Penha.

Dornelas avivou-se com a notícia, girou sobre o calcanhar e foi ter com elas. Ao se aproximar, estendeu a mão e disse:

— Sou o delegado Joaquim Dornelas. — Uma de cada vez apertou a mão estendida. — Vocês podem me acompanhar?

As duas ficaram de pé e Dornelas as conduziu para o corredor das salas. No caminho, disse para Solano:

— Falamos daqui a pouco.

O investigador anuiu com um movimento da cabeça e levantou-se para atender o homem.

★

As duas mulheres entraram na sala do delegado visivelmente impressionadas. A mais velha varria o ambiente do rodapé ao teto sem perder um detalhe sequer. A mais nova ateve-se à mesa, à placa com o nome e o cargo e os objetos de escritório dispostos de modo organizado sobre o tampo, especialmente um relógio digital preso por um emaranhado de fios ao que pareciam imitações de bananas de dinamite.

Dornelas as convidou a tomarem assento nas cadeiras de visitas, deu meia-volta na mesa e largou o corpo na sua. Ao ver as duas acomodadas, disse:

— Me desculpe, mas não sei o nome de vocês.

A mais velha deu um pulinho na cadeira.

— Eu sou a Joana.

— E eu a Tiana — disse a mais nova logo em seguida, como se tivessem ensaiado para uma apresentação. Dornelas atinou que essa dinâmica devia ser frequente e perguntou:

– Vocês são irmãs – presumiu.

– Sim – disseram em uníssono, se encararam e sorriram.

– Somos parecidas, não somos? – disse Joana.

– Gêmeas? – rebateu Dornelas.

– Quem me dera ter a idade dela – disse Tiana. – Sou um ano mais velha que a Joana.

Dornelas sorriu e as duas mulheres o acompanharam. Ele achou favorável o ambiente descontraído. Isso facilitaria seu trabalho. Era hora de mergulhar em águas mais profundas.

– Solano, o investigador ao telefone, disse que vocês vieram reportar um homicídio na cachoeira da Penha.

Como que por magia, a expressão das duas mudou do leve e alegre para o grave e intenso na mesma velocidade que um polvo muda de cor. Tiana endireitou o corpo na cadeira, adotou um olhar assombrado, olhou de relance para a irmã e disse:

– Vimos um homem ser morto, delegado.

Dornelas adotou um tom calmo e paternal:

– Conte em detalhes, por favor. Preciso saber de tudo desde o começo.

Joana se adiantou para falar, mas Tiana colocou a mão em seu braço e disse:

– Chegamos ao estacionamento da cachoeira da Penha no nosso carro pouco depois do meio-dia.

– De onde vocês são? – perguntou Dornelas.

– De Maringá, no Paraná.

O delegado acatou a informação com um movimento da cabeça. Tiana prosseguiu:

– Trancamos o carro, subimos a escada até a portaria... – ela olhou para o chão, parecia estar refazendo mentalmente o percurso até o momento do crime.

Joana não conseguiu conter a ansiedade e disse:

– Entregamos os ingressos ao rapaz...

– Isso – retomou Tiana. – Entregamos o ingresso ao rapaz e pegamos a trilha até a cachoeira.

— Havia mais gente nesses lugares? — interrompeu Dornelas mais uma vez.

— Na recepção, não — disse Joana.

Tiana tomou a palavra.

— Mas havia um trança-trança de gente na trilha.

— Da trilha vocês chegaram à cachoeira? — presumiu o delegado.

— Sim — respondeu Tiana. — Penduramos nossas toalhas num cipó, tiramos as camisetas, os shorts e as sandálias e escorregamos na lâmina d'água até o poço, lá embaixo.

— E na cachoeira, tinha muita gente?

— Bastante, doutor — respondeu Joana. — Houve momentos em que tivemos que fazer uma fila para escorregar.

— Entendo. Quando aconteceu o assassinato?

— Estávamos subindo a trilha pela terceira ou quarta vez quando ouvi um baque seco perto de mim, logo atrás, mais forte que uma cusparada, mas menos intensa que uma martelada. — disse Tiana. — Segundos depois ouvi gritos mais à frente, na trilha que volta para o estacionamento, de que um homem havia sido morto. Só então caiu a ficha de que o que ouvi podia ter sido um tiro.

Dornelas olhou para Joana como que pedindo que ela contasse sua versão. Vendo-se cobrada a se manifestar, Joana pulou para a ponta da cadeira e disse:

— Ouvi a mesma coisa, mas não dei muita atenção. O barulho de água descendo a corredeira era forte, havia o burburinho das pessoas falando, gritando, sorrindo... achei estranho.

— Vocês viram alguma coisa que tenha chamada a atenção depois disso?

— Sim, senhor — adiantou-se Tiana. — Vi um homem correndo mata adentro depois do tiro.

— Deu para identificar alguma coisa, como roupa que ele vestia?

— Nada, doutor. Ele se enfiou na mata no sentido contrário da trilha e da saída da cachoeira.

– Entendo – ponderou Dornelas, coçando a testa. Mesmo assim, pela precisão e estrago do tiro, as palavras atirador de elite cruzaram sua mente. – O que mais?

Joana tomou a palavra.

– Depois começou uma verdadeira gritaria, teve gente que se jogou no chão, gente que começou a chorar... uma senhora, perto do sujeito que foi morto, sentiu até falta de ar. Achei que ela ia infartar.

– Vocês viram o corpo?

– E como não ver? – rebateu Tiana. – Tivemos que passar por ele para ir embora.

– E como ele estava?

– Não gosto nem de pensar – disse Joana, tapando os olhos com as mãos.

Tiana, mais pragmática, respondeu sem titubear:

– Com um buraco no peito e o calção arriado, um fio de nylon em volta da cintura e um barbante preso neste, em cima da bunda.

As histórias batem, pensou o delegado.

– Alguém viu quem baixou o calção da vítima?

– Nós não vimos. Estávamos longe dali. Mas alguém deve ter visto – disse Joana.

Tiana olhou para a irmã e perguntou:

– Coisa estranha aquele barbante. Por que ele usava aquilo?

Joana balançou a cabeça. Dornelas interveio porque não quis se estender no tema.

– Mais alguma coisa, algum detalhe que vocês podem ter deixado passar?

As duas irmãs se entreolharam e repetiram em uníssono mais uma vez.

– Não, senhor.

Dornelas ficou de pé. As irmãs, concluindo que a reunião havia terminado, fizeram o mesmo.

– Vocês podem aguardar um pouco e repetir ao escrivão tudo que me contaram? Precisamos abrir um boletim de ocorrência.

– Claro – disse Tiana.

– Obrigado por terem nos procurado – disse o delegado, que estendeu a mão.

Uma depois da outra completou o aperto.

Dornelas as conduziu à sala de Hildebrando e foi à copa.

O momento pedia um café quente e saboroso.

Capítulo 14

Serviu-se de café, adoçou-o com uma colherzinha de açúcar e bebeu um gole.

Morno.

Franziou o rosto, esvaziou o copo na pia e depois jogou-o no lixo. Dornelas nunca entendeu essa moda de se beber café frio, gelado, que fosse, mas morno era insuportável.

Voltou à sua sala, frustrado.

No caminho, estacou na entrada da sala de Solano.

O investigador, que conversava com o sujeito da recepção, ficou mudo assim que notou o vulto do homenzarrão e voltou a atenção para o chefe. Seu interlocutor, de costas para a porta, ao notar Solano desviar-lhe o olhar, voltou-se para o delegado também, que se desculpou pela interrupção e disse:

— Passe na minha sala ao terminar.

Solano anuiu com um movimento da cabeça e retomou a oitiva.

Dornelas entrou na sua sala, apossou-se do ambiente e largou o corpo na cadeira.

Destrancou a gaveta, destacou uma tira inteira de chocolate e enfiou-a todinha na boca; apoiou os pés no tampo da mesa e deixou-se envolver em pensamentos.

Enquanto o chocolate derretia colado à bochecha, passou a mão no telefone, ligou para Jaque e contou o que ouviu de Tina e Joana. Instruiu-a a procurar vestígios do tiro no lugar indicado pelas irmãs, pôs-se a par da situação da subordinada e desligou.

Ao colocar o fone no gancho, deu-se conta de que corpo lhe pesava como pedra. Entendeu isso como um sinal de que alguma questão dentro de si exigia atenção. Urgente. Considerou atender ao chamado naquele momento, mas decidiu não fazer isso. Péssima decisão. Numa manobra do inconsciente, viu-se como que sendo puxado para o centro da Terra por uma força terrível, sobre-humana, mãos agarrando-o pelos pulsos e pernas, puxando-o mais e mais fundo para o vazio, o nada.

Medo. Pânico. Uma súbita falta de ar.

Um clarão.

Tornou-se consciente o perigo de estar no encalço de uma quadrilha, gente que não brinca em serviço, mata sem aviso. Pensou em Dulce, na conversa que tiveram, nos filhos, a menor ainda no berço.

Pensou na morte, a própria morte.

Um túnel abriu-se dentro no peito, profundo, opaco, pegajoso.

Nem isso foi suficiente para demovê-lo do caminho que escolhera trilhar.

Era isso ou nada.

Considerou pedir ajuda, cogitou chamar Miranda e equipe.

Optou por não fazer isso.

Com as costas da mão, limpou o suor que brotava na testa e contabilizou o fracasso. *Se isso realmente vier a acontecer*, pensou, *essa fatura, custe o que custar, deve ser paga por mim e ninguém mais.*

Num canto da mente, havia uma fagulha de possibilidade de que ele não queria dividir os louros de um eventual sucesso. Seria esse o motivo por não pedir ajuda externa? Chegou a questionar-se se o ego inflado estaria por trás da decisão. Divagou um pouco, os intestinos torceram e concluiu que não, uma solução mais simples, com menos gente envolvida, seria mais fácil de ser administrada.

Satisfeito, pegou mais um pedaço de chocolate e enfiou-o na boca.

Minutos depois, duas batidas na porta o tiraram do estado de transe e ele disse alto:

– Pode entrar!

A porta se abriu, Solano entrou, fechou-a atrás de si e se ajeitou numa das cadeiras de visitas. O investigador sabia que em situações assim, em que era chamado para uma conversa em particular, o melhor a fazer era se sentar e ponderar com calma as palavras do chefe, pois ele, não raro, conversava com seu interlocutor e consigo próprio ao mesmo tempo.

– Você primeiro – disse o delegado.

Solano deu uma puxada funda de ar e começou:

– Sobre a Casa da Cultura, o atirador fugiu mesmo pelo lugar que o senhor indicou. Dali, ele caminhou sobre o telhado das casas geminadas e pulou de um vão para o chão duas casas adiante. Esse imóvel está vazio e à venda.

– Como você pode ter certeza de que foi por ali que ele fugiu?

– Havia muitas telhas quebradas pelo caminho, doutor. E cacos no quintal para onde ele desceu. As telhas dos imóveis do Centro Histórico são antigas e muito frágeis.

Dornelas não se deixou convencer e insistiu:

– Mas e as casas em volta, você não encontrou nenhum outro lugar por onde ele poderia ter descido?

– Tem apenas uma casa com um jardim interno onde fica um cachorro bravo. Descartei essa possibilidade.

– Você conversou com o morador?

– Sim, senhor. O cachorro é uma fera e fica sempre no jardim. Segundo a vizinhança, late demais.

Dornelas ainda não se deu por vencido e acrescentou:

– Como você acha que ele conseguiu sair do imóvel? Havia sinais de arrombamento?

– Nada. Ele devia ter uma cópia da chave.

– E como conseguiu isso?

– Conversei com a corretora responsável pela casa. Ela cadastra todos os interessados em ver o imóvel e sempre os acompanha na visita. Nesse, especificamente, faz meses que nenhum interessado aparece.

Dornelas apoiou o queixo na mão, pensou em Wellington, o chaveiro da Casa da Cultura, e disse:

– Chave tetra ou comum?

– Comum.

– Então, esqueça. Um profissional é capaz de abrir uma fechadura dessas no escuro usando luvas de boxe.

Solano conteve um sorriso. No lugar, deu um gemido condescendente. O delegado coçou o queixo e prosseguiu:

– Nessa casa em que desceu, ele deixou alguma coisa para trás, roupas, sei lá?

– Nada.

Dornelas voltou os pés para o chão, fincou o cotovelo no apoiador de braços da cadeira, passou a beliscar os lábios com os dedos e perguntou para Solano e para si mesmo ao mesmo tempo:

– Como ele saiu dessa casa para a rua com um fuzil nas costas sem ser notado?

– Essas armas são desmontáveis, doutor.

– Por isso mesmo. São transportadas num daqueles estojos enormes. Alguns são usados como mochilas e tem mais de um metro de comprimento.

Solano ficou pensativo. Dornelas persistiu na questão num sussurro:

– Como sair com um estojo daqueles na rua e se misturar na multidão sem ser visto?

A pergunta pairou no ar por longos minutos. Ambos permaneceram em silêncio em busca de uma resposta. Em dado momento, Dornelas teve um lampejo impossível de ser contido e ficou de pé.

– Uma fantasia – disse com um estalar de dedos – O carnaval de Palmyra é famoso pelas fantasias de monstros e bichos horrendos. As máscaras são feitas de papel machê e montadas em estruturas que se encaixam nos ombros e envoltas em roupas largas, sabe, tipo aqueles números de circo. Algumas dessas fantasias chegam a ter dois, três metros de altura.

Solano animou-se com a resposta e completou:

– Ele pode ter deixado uma fantasia na casa, vestiu-a após o disparo e ganhou a rua. Ninguém se deu conta de que ele era o atirador no meio do corre-corre.

– Exato. Será que vale o esforço de sairmos por aí atrás de uma fantasia descartada? – perguntou o delegado, de si para si. – Acho que não – ele mesmo respondeu e prosseguiu: – Diversas dessas fantasias são largadas pela cidade depois dos desfiles.

– Mas tem um pessoal numa casa na praça da Matriz que cria e estoca muitas delas – completou Solano. – Acho que vale batermos um papo com eles para ver se alguma sumiu, se alguém comprou ou pegou uma emprestada, alguém de fora, entende? São sempre as mesmas pessoas que usam essas fantasias, doutor, ano a ano.

Dornelas voltou a se sentar.

– Boa ideia. Vamos seguir nessa linha.

Um vácuo na conversa. Dornelas o preencheu segundos depois falando sobre o telefonema de Jaque, do crime na cachoeira da Penha e do depoimento das irmãs de Maringá. Solano não quis perder o fio da conversa e emendou:

– O homem que eu acabei de interrogar também estava lá. No caso dele, perto do sujeito que levou o tiro.

O delegado nada disse, mas permaneceu com os olhos fixos no subordinado à espera do resto da história.

– Depois do disparo – retomou Solano –, dois sujeitos com os rostos cobertos apareceram do meio do mato, baixaram o calção da vítima e puxaram alguma coisa da ponta de um barbante enfiado no cu.

– Outra joia. E daí fugiram pela mata – presumiu o chefe.

– Sumiram, doutor.

– Estamos lidando com profissionais – afirmou Dornelas. – A precisão do tiro evidencia isso. Diga uma coisa, quantas pessoas mesmo invadiram o hotel do Everaldo?

– Três.

– Três aqui também – disse Dornelas. – Note que são um grupo coeso e bem organizado.

– Mas deve existir um quarto homem – ponderou Solano. – Os três atacaram o hotel meia hora depois de o Everaldo ser morto. O senhor acha que o atirador da Casa da Cultura teria tempo de matar o Everaldo, fugir, livrar-se da arma, da fantasia e atacar o hotel?

— Tem razão.

— O que o senhor pensa em fazer?

Dornelas rebateu a pergunta com outra:

— Você conseguiu falar com aquele jornalista, o Frango?

— Sim, senhor. Ele ficou de vir aqui hoje.

— A que horas?

— Dezesseis.

Dornelas olhou o relógio. Faltava meia hora para as 16h.

— Ótimo. Vou te contar o que pretendo fazer.

E foi o que fez o delegado, para o espanto do investigador.

★

Solano não gostou nada nada do plano e, por um instante, ficou sem jeito de dizer isso ao chefe. Mas quando se deu conta de que a execução exigiria sua participação direta, colete a prova de balas e arma em punho, contorceu-se na cadeira e disparou:

— O senhor não acha esse plano arriscado demais, doutor?

— Acho — respondeu Dornelas, curto e grosso, com os olhos fincados nos do subordinado. — Você tem alternativa melhor? Se tiver, sou todo ouvidos.

Solano arregalou os olhos, pôs-se a pensar em alguma coisa, mas, sob um escrutínio implacável, não lhe surgiu ideia alguma. Resignado, perguntou:

— O que o senhor quer que eu faça?

— Cuide do aviso que vamos colocar na porta da entrada.

— Deixe comigo.

O telefone tocou. Dornelas pôs a mão no aparelho e disse para Solano antes de atender:

— Aposto que o Frango chegou.

O investigador deu uma risada. O delegado atendeu:

— Diga, Marilda.

– Aquele jornalista está aqui – disse a recepcionista de modo conspiratório. – Posso encaminhá-lo à sua sala, doutor?

– Não. Peça para ele esperar um pouco. Preciso terminar uma coisinha aqui.

– Ok.

Desligaram.

Dornelas voltou-se para Solano e perguntou:

– Temos uma chave de fenda na delegacia?

O investigador pensou um pouco e respondeu:

– Posso dar uma olhada num dos armários da copa. Se não tiver ali, tenho um canivete suíço na minha gaveta.

– Ótimo. Traga-o agora, por favor.

Solano se levantou, saiu da sala, voltou menos de um minuto depois com o canivete numa das mãos e entregou-o ao chefe.

– Tranque a porta, por favor – ordenou Dornelas.

Solano obedeceu. O chefe ficou de pé, se aproximou do arquivo, abraçou-o e o empurrou para o lado sem alarde, distância suficiente para ter acesso à tomada.

Sob o olhar pasmo do subordinado, o delegado liberou a chavezinha de fenda do canivete e tirou os dois parafusos, depois o espelho e puxou o embrulhinho com o anel. Montou a tomada, recolocou o arquivo no lugar e voltou à sua mesa.

Gotinhas de suor brotavam na testa.

Antes de desembrulhar o pacotinho sobre o tampo da mesa, agradeceu Zoraide por ter tido tempo e paciência para limpar o embrulho.

A boquinha estava fechada com diversas voltas bem apertadas de elástico. Com delicadeza e dedos firmes, habilmente desenrolou volta por volta e ela se abriu.

Com apenas dois dedos, puxou um imenso anel de ouro com uma pedra Turmalina Paraíba de tamanho descomunal envolto por uma coroa de diamantes.

Solano, hipnotizado, balbuciou:

– É lindo!

Dornelas sorriu de leve e disse com o anel diante dos olhos:

— Toda essa bagunça por causa disso.

Seu olhar viajava pelos diamantes reluzentes, pelo ouro imaculado, pelo azul profundo da Turmalina enquanto, em mente, espantava-se com a capacidade do ser humano de imaginar, criar e acreditar em realidades inventadas, de dar valor para objetos inanimados e, como nesse caso, matar por isso.

Num gesto estudado, guardou anel e apetrechos na gaveta e puxou o telefone do gancho. Discou três teclas. Assim que Marilda atendeu, disse:

— Mande o Frango entrar.

Desligou, apertou uma tecla do celular sobre a mesa e esperou a porta abrir.

★

Frango entrou na sala como o animal homônimo quando se depara com a portinhola do galinheiro aberta após uma vida encarcerado, isto é, desconfiadíssimo.

— Com licença — disse o homem, estudando o terreno antes de colocar os dois pés para dentro do ambiente.

— Entre, entre — disse Dornelas, da sua cadeira. — Você lembra do Solano?

O investigador, vendo o jornalista de pé, levantou-se e ofereceu a mão.

— Nos falamos hoje pela manhã. Como vai? — disse Solano.

— Bem, bem — completou o aperto de mão, o jornalista.

— Não quer sentar? — Dornelas apontou a cadeira vazia.

Frango acomodou-se e esquadrinhou a sala com o mesmo olhar ansioso da ave à procura de um grão de milho e perguntou:

— O senhor queria falar comigo?

Dornelas descolou as costas da cadeira e avançou sobre a mesa.

— Acredito que você tenha acompanhado essa sucessão de crimes dos últimos dias.

— Sim, senhor. Devo presumir que, para o senhor me chamar aqui, existe uma ligação entre eles.

— Sim, existe — afirmou sucinto, o delegado.

— Qual?

Com uma mão, Dornelas abriu a gaveta, pegou o anel e colocou-o sobre a mesa, entre ele e o jornalista. Frango não escondeu o espanto diante da joia e perguntou:

— Que pedra é essa?

— Turmalina Paraíba — respondeu Dornelas. — Sabe quanto vale? — O jornalista balançou a cabeça de um lado a outro sem desgrudar os olhos do anel. — Um milhão e duzentos mil reais — acrescentou o delegado.

Frango levantou os olhos e exclamou:

— Puta que pariu. Onde o senhor encontrou isso?

— Você não vai acreditar — disse, buscando o saquinho e o elástico na gaveta e colocando-os ao lado da joia. — Tudo isso preso a um barbante e enfiado no rabo do Everaldo, a vítima do Largo do Rosário.

— Fala sério!

— Tem mais. O corpo foi roubado do IML por causa disso.

Frango mal piscava.

— Quer dizer... espere, doutor... esse crime de hoje, do corpo encontrado na cachoeira da Penha sem o calção e com um barbante em cima da bunda... estamos falando de tráfico de joias?

Dornelas abriu um sorriso e fez que sim com a cabeça.

— Quem mais sabe disso? — perguntou Frango.

— Nós e agora você. O DEIC de São Paulo vinha procurando essa rota de tráfico fazia quase um ano. — O delegado apontou para o anel e completou: — A prova está aqui, bem diante dos seus olhos.

Pela intensidade no olhar, os neurônios de Frango funcionavam a pleno. Dornelas deixou-o chegar às suas próprias conclusões. Em dado momento, a intensidade arrefeceu e o sujeito relaxou na cadeira.

— Por que o senhor está me mostrando isso? O que o senhor quer de mim?

— Nada mais do que a divulgação dessa história.

De uma hora para outra, Dornelas viu-se num jogo perigoso. Se dissesse o real motivo da divulgação, seu plano poderia ser exposto antes mesmo de ser executado. Se não dissesse, Frango poderia chegar a uma conclusão errada e melar a operação do mesmo jeito. Dornelas resolveu abordar a questão com cuidado, como se estivesse tateando no escuro.

— Você lembra que no passado fizemos um acordo a respeito da fonte de uma investigação que conduzimos. Correto?

— Sim, lembro bem.

— Lembra também que cumprimos integralmente com a nossa parte do acordo.

— Perfeitamente, doutor.

Terreno coberto. Dornelas voltou a largar o corpo na cadeira e mudar o rumo da conversa.

— Veja bem. Nesse caso específico, presumo que eu e você tenhamos o mesmo objetivo.

— E qual seria ele?

— Prestar um bom serviço à sociedade, eu aos pagadores de impostos e você aos compradores do seu jornal.

— Seja mais específico, por favor — provocou Frango.

— Muito bem. Ambos queremos capturar quem está por trás desses crimes.

O jornalista balançou a cabeça no pescoço fino. Dornelas ficou sem saber se em sinal de sim ou de não.

— Tudo bem. Nesse caso queremos — disse Frango.

O delegado começou a se irritar com a untuosidade do jornalista. Mesmo assim, disse:

— Ótimo. Fico contente de estarmos trabalhando do mesmo lado, como você bem disse, nesse caso.

Frango abriu um sorriso de satisfação e anuiu com um movimento da cabeça.

— Como o senhor pensa em capturar os culpados por essa bagunça?

– Conto para você com a condição de que isso seja em *off*, de que nada do plano seja divulgado. Tenho sua palavra?

Frango ficou de pé e ofereceu a mão. Dornelas também se levantou, completou o aperto de mão com firmeza e os dois homens voltaram a se sentar. Solano, que assistia a tudo, acompanhou o ritual visivelmente impressionado.

Assim que se ajeitou na cadeira, Frango disse:

– Mas existe um risco.

Dornelas enrijeceu no lugar.

– Qual?

– Dessa matéria não chegar às bancas.

– Por quê? – disparou, exasperado, o delegado.

Frango pulou para a pontinha do assento como se estivesse a um passo de ir embora e disse:

– Veja, doutor. Não sou o proprietário do jornal para o qual trabalho. O dono mantém ligações estreitas com a prefeitura. Não passa pela cabeça do prefeito mais divulgação das merdas ocorridas todos os dias debaixo do nosso nariz. Nem preciso dizer que boa parte dos crimes ocorridos no Centro Histórico nunca são noticiados.

– Isso espanta os turistas, as galinhas dos ovos de ouro – emendou o delegado, voltando-se para Solano.

– Exato. O desse tal de Everaldo não teve jeito, pois ocorreu no meio do povo, no calor do carnaval. Não tinha como abafar. Por outro lado, outros tantos, como esse de hoje na cachoeira da Penha, nem em jornal de bairro o senhor vai encontrar.

Dornelas franziu a testa e adotou um olhar grave e preocupado.

– Qual a sua posição diante disso? – quis saber o delegado, incisivo.

– Quero divulgar, mas não sei se vai passar pela editoria.

– Editoria ou prefeitura?

– O senhor sabe do que estou falando.

Dornelas respirou fundo, refletiu e desabafou:

– Muito louco tudo isso. Vocês passam a vida me apertando para falar dos casos ocorridos na cidade. Quando preciso da divulgação de um em especial, me deparo com a possibilidade de que ele não seja divulgado! É isso mesmo?

– Sim. Sinto muito – penalizou-se Frango.

Dornelas bufou como um touro enfurecido, mas perguntou:

– Caso passe, quando você acha que a matéria vai sair?

– Amanhã mesmo.

– Você pode me avisar se vai sair ou não, assim que souber?

– Claro.

– Obrigado. Em paralelo, peço que divulgue que a delegacia será fechada para dedetização amanhã ao meio-dia. Reabriremos depois de amanhã no mesmo horário. Todas as ocorrências nesse período serão repassadas para a delegacia de Marealto. Coisas de rotina, entende?

– O senhor está mesmo lutando contra cupins? – perguntou Frango.

– Palmyra toda está, uma luta sem fim. Mas essa não é a razão para fecharmos as portas. Isso faz parte do plano.

– Então me conte tudo.

Dornelas o fez.

Ao terminar, Frango saiu da sala de peito estufado.

Capítulo 15

— O senhor confia nele? – sussurrou Solano assim que o jornalista saiu da sala e fechou a porta atrás de si.

Dornelas negou com um movimento da cabeça e rebateu:

– Que alternativa temos?

– Sei lá... e se ele divulgar detalhes do plano?

O delegado levantou o celular da mesa cuja tela estava virada para baixo e disse:

– Gravei toda a conversa. Se qualquer coisa do plano sair na matéria eu o indicio como participante na quadrilha.

Solano abriu um sorriso de admiração e disse:

– Bem pensado. – Um vácuo. – Mais alguma coisa, doutor?

– Por enquanto, não.

– Vou cuidar do comunicado da porta de entrada, então.

– Ótimo.

Solano levantou-se e saiu. Dornelas passou a mão no telefone e discou três teclas.

– Marilda – disse assim que a recepcionista atendeu. – Preciso falar com o delegado Miranda. Você me liga com ele?

– É pra já.

Desligaram. Dornelas permaneceu com a mão no aparelho na esperança de que ele tocasse. O tempo começou a passar e nada, mas o celular tocou. Pegou-o na mesa e leu o nome no visor antes de atender:

– Diga, Lotufo.

– O senhor está na delegacia?

– Estou.

— Vai ficar por aí?

— Depende. Do que você precisa?

— Consegui entrar no celular do Everaldo. Tem coisa boa aqui.

O delegado ficou animado com a notícia.

— Venha já!

Desligou e aguardou. E nada da ligação para Marealto. Passou a mão no telefone mais uma vez e discou três teclas. Disse assim que Marilda atendeu:

— Nada do Miranda?

— Ainda não, doutor. Ele não está na delegacia. Ninguém sabe para onde foi. Quer que eu tente o celular?

Dornelas olhou o relógio: 17h35. *O safado foi para casa*, pensou.

— Não precisa. Vou tentar por aqui.

— Tudo bem.

Marilda desligou antes dele.

Dornelas considerou ligar mais tarde e desistiu. Concluiu que o melhor era resolver essa pendência enquanto ainda havia tempo disponível. Mais tarde ele próprio iria para casa e sabe-se lá em que tipo de emaranhado iria se enfiar. Se esquecesse, seria muito ruim Miranda ficar sabendo pelos jornais que a delegacia de Marealto receberia as ocorrências de Palmyra por um dia inteiro.

Pegou o celular, encontrou o número na agenda e fez a ligação. Miranda atendeu no segundo toque.

— Boa tarde, Dornelas.

— Como vai, Miranda?

— Ainda tentando decifrar esse caso maluco do roubo de um corpo do IML. — Miranda deu um longo bocejo. Ao fundo, Dornelas ouviu conversas, risadas e palmas. Tudo indicava para a TV ligada em algum programa de auditório em volume altíssimo. Miranda retomou: — E você, como estão as coisas por aí? Soube de um novo crime na cachoeira da Penha.

— Pois é, estamos analisando se existe uma ligação desse crime com o do Centro Histórico.

Mais risadas e palmas.

– Entendi – disse Miranda, evasivo.

Na certa, ele dividia a atenção entre a TV e o telefonema. Para não deixar a conversa tergiversar, Dornelas decidiu ir direto ao ponto.

– Vamos fechar a delegacia de Palmyra amanhã ao meio-dia e reabrir depois de amanhã no mesmo horário. Preciso dedetizar o prédio. Tenho prorrogado isso por tempo demais... os cupins estão comendo tudo por aqui. Sabe como é? A coisa estava marcada, o pagamento feito... Você consegue segurar as ocorrências nesse período?

Um silêncio repentino e o barulho de molas rangendo. Miranda endireitou o corpo no sofá e disse, firme:

– Não me foda, Dornelas. Ainda estou desconfiado da sua visita repentina ao IML.

– Não esquente com isso. Então, posso contar com você?

Miranda bufou do seu lado da linha.

– Pode. Como você vai comunicar isso do seu lado?

– Vou deixar um aviso na porta de entrada. Em paralelo, conversei com um jornal local para ajudar.

– Tudo bem. Vou avisar meu pessoal.

– Obrigado. E até mais, então.

– Até.

O volume da TV aumentou e Miranda desligou.

Assim que o papo chegou ao fim, Dornelas sentiu uma vontade repentina de ação. Ele havia ficado tempo demais em sua sala, sentado, conversando, pensando. A mente fervilhava com detalhes do plano, mas o corpo precisava se mexer, pedia movimento.

Rapidamente guardou anel e saquinho na tomada, remontou tudo no lugar, tomada e arquivo, e voltou à mesa; pegou um molho de chaves na gaveta e saiu da sala; abriu a porta da sala vizinha e acendeu a luz; postou-se diante do cofre, procurou a chave correta no molho e destrancou-o. O arsenal de armas da delegacia de Palmyra estava ali, ao alcance das mãos. Três escopetas calibre 12, seis pistolas .40, quatro Glock 9mm, três fuzis Colt M16 calibre 5,56mm, dois Imbel Para-FAL calibre 7,62mm, três submetralhadoras Walter 9mm e uma espingarda Winchester calibre 38, a preferida do delegado, pois o fazia lembrar dos filmes de faroeste que assistiu na infância.

Verificou uma por uma, depois a quantidade de munição disponível, mentalmente fez algumas contas e, satisfeito, fechou tudo e foi à copinha.

Se o café estivesse frio dessa vez, faria um novo.

★

Lotufo entrou apressado na delegacia, deu um alô burocrático para Marilda e foi direto à sala do chefe. Ele não estava lá. Voltou à recepção e perguntou:

— Onde está o delegado?

A recepcionista arregalou os olhos, encolheu os ombros e disse:

— Dando voltas pela delegacia. Não sei o que deu nele hoje.

Lotufo agradeceu e saiu pela porta da copa para o pátio de trás. O Fusca de Solano estava lá, mas nada de Dornelas. Atravessou o pátio, saiu pelo portão lateral e se deparou com o chefe debaixo da imensa mangueira segurando um copinho plástico.

Ele estava como que petrificado, igual aos artistas que ganham a vida fantasiados de Jack Sparrow, de Piratas do Caribe, nas ruas do Centro Histórico. À primeira vista, Dornelas parecia estar olhando para a delegacia, mas a expressão abobalhada no rosto denunciava uma viagem a anos-luz dali.

Lotufo se aproximou devagar — ele não queria quebrar o encanto de qualquer que fosse a linha de raciocínio que o delegado trilhava — e postou-se ao lado dele, a cerca de dois metros de distância.

— Já falo com você — afirmou Dornelas, secamente.

Lotufo grunhiu qualquer coisa e permaneceu ali, olhando para onde o chefe olhava para ver se conseguia entender o que estava acontecendo ou via o que ele estava vendo.

Como se uma mão divina tivesse desligado um botão, Dornelas balançou a cabeça em sinal de aprovação, desfez a pose e sussurrou:

– É isso aí – voltou-se para Lotufo e perguntou: – O que você conseguiu?

O investigador olhou à sua volta e rebateu:

– O senhor quer falar aqui mesmo?

– Se você quiser o café que acabei de fazer, pode ser lá dentro.

– Obrigado. Vamos fazer aqui mesmo.

Dornelas, quieto, aguardou o subordinado se pronunciar.

– Bom... – disse Lotufo tirando o aparelho celular de Everaldo do bolso e ligando-o. – Consegui alguns números que não dizem muita coisa, mas um em especial pode nos ajudar.

– Qual? Ajudar como?

– Veja aqui – Lotufo se aproximou e compartilhou com o chefe a tela do aparelho. – No Whatsapp com esse tal de Bibi, consta a troca de diversas mensagens minutos antes do assassinato. O Bibi conseguiu apagar as que a vítima não teve tempo de ler. Mesmo assim, o conteúdo geral revela detalhes sobre um anel que o Everaldo estava indo entregar naquela noite.

– O que diziam essas mensagens? – quis saber Dornelas, curioso, enquanto pensava, *então era com esse sujeito que o Everaldo trocava mensagens no jantar com Maria das Graças, no Pippo.*

– Numa mensagem, o Everaldo dizia que a joia era da marca Cartier. Por essa razão, não podia ser desmontada para ser vendida em pedaços no mercado negro. Assim como a Turmalina Paraíba, todas as pedras eram numeradas, inclusive os brilhantes, que eram verdadeiros e não produzidos em laboratório.

– Por isso o valor – disse Dornelas, de si para si. – O que mais?

– Eles haviam marcado um encontro na Unidade de Pronto Atendimento do Centro Histórico, do outro lado da ponte, para fazer a entrega, troca, sei lá.

Dornelas bebeu um último gole do café, encarou Lotufo e perguntou:

– Alguma coisa sobre pagamento?

– Nada. Mas tudo dá a entender que esse tema estava nas mensagens apagadas do Bibi.

– O Everaldo morreu por causa desse anel – afirmou o delegado.

– Foi o que pensei.

– O anel está comigo, escondido na delegacia.

Lotufo, surpreso com a notícia, balbuciou:

– Onde? Quando?

Dornelas então contou toda a história do anel, o atentado no IML, sua estratégia para recuperá-lo, o atentado na cachoeira da Penha e um esboço do plano para capturar a quadrilha.

– Arriscado heim, doutor!

– Também acho. Por isso estou aqui. Acredito que a confusão vá acontecer nessa área. – Dornelas apontou para o portão de entrada e saída de carros.

– Entendi. E quando vamos organizar toda a operação?

– Assim que a Jaque voltar.

Lotufo deu mais uma olhada no celular da vítima e disse:

– O senhor quer que eu prepare o ofício para as operadoras de celular para levantarmos a qualificação completa dos assinantes das linhas que julgarmos mais importantes?

– Tem mais alguma coisa de valor aí?

– Além desse Bibi, nada considerável.

– Deixa pra lá. Vamos nos concentrar em identificar esse cara. Passe o nome para o Solano e peça para ele repassar para o DEIC. Talvez eles tenham alguma coisa lá. Sobre as linhas, o artigo 15 da lei 12.850 de 2013, a Lei das Organizações Criminosas, nos permite levantar essas informações com rapidez. Mas como quebramos a senha do celular, o STJ certamente vai anular essas provas. A alegação vai ser de que as provas foram obtidas sem autorização judicial. Esse tem sido o entendimento do tribunal. Não vale o trabalho e nem o risco.

– Mesmo com o dono da linha morto.

– Mesmo assim.

– Processo louco, doutor.

– É o que temos – arrematou Dornelas, lamentoso.

Ambos começaram a caminhar para a delegacia. Dornelas, com a sensação de coisa errada. Alguma coisa na conversa com Lotufo não se encaixava, o que o deixou encafifado. Sentia-se com um nó na mente. Ele então estacou na calçada e passou a beliscar os lábios, sinal de que a sinapses funcionavam a pleno. E assim do nada, de surpresa, uma memória foi arremessada do inconsciente, forte o suficiente para quase lhe perfurar o cérebro. Disse:

– Bibi! Sei quem é esse sujeito. Ele é assessor do Secretário de Turismo de Palmyra. – Voltou-se para Lotufo e ordenou: – Vamos atrás dele.

– Peraí, doutor! Baseado em quê, na troca de mensagens no Whatsapp?

– É pouco, mas temos um fio de Ariadne para sair desse nó e enquadrá-lo por receptação e comércio de produto de roubo. Pelo código penal são 3 a 8 anos de cadeia. Temos base para pedir a prisão preventiva.

– E quanto à quebra da senha?

– Isso é outro problema. Anote o número e arrume uma forma de descobrir se é o mesmo Bibi que me ligou. Com muito cuidado. Se for, me avise que peço um mandado de prisão ao juiz Souza Botelho.

Ao chegarem à copa, Dornelas jogou seu copinho no lixo e seguiu para sua sala. Antes de entrar, voltou-se para Lotufo e disse:

– Belo trabalho. Avise quando Jaque der as caras.

– Pode deixar.

★

Ainda no corredor, Dornelas deixou o emaranhado de pensamentos sobre a operação policial abandonar o raciocínio lógico, a superfície, para decantar e se depositar nas profundezas da alma. Ali, imersos nos caldos essenciais da psique, seriam cozidos lentamente. Se o plano passasse por esse crivo, suas chances de sucesso não estariam garantidas, mas seriam maiores.

Quanto mais se aproximava da sua sala, mais e mais sentia-se dono de uma confiança ponderada e responsável, baseada numa análise criteriosa das possibilidades de sucesso e fracasso.

Com esse estado de espírito ganhou a sala, largou o corpo na cadeira e passou a mão no celular. Havia mais um obstáculo a ser superado, o último: Amarildo Bustamante.

Sem a palavra final do chefe, nada aconteceria.

Numa breve, porém detalhada explicação, Dornelas expôs todos os prós e contras da operação, bem como suas dúvidas e certezas. Se bem que, intimamente, o delegado não se sentia apto a se comprometer por certeza alguma.

Amarildo escutou tudo em silêncio. Vez por outra grunhia qualquer coisa. Ao final, perguntou:

– Você acredita que esgotamos todas as possibilidades de capturar essa gente do modo tradicional?

– Sim – respondeu, enfático, o delegado. – Ou fazemos isso ou, em breve, mais um corpo vai aparecer.

O chefe segurou-o na linha por bons segundos e finalmente disse:

– Siga em frente.

– Ok.

– E boa sorte.

Desligaram. O delegado ligou então para o número de Cláudio, seu amigo pescador, que atendeu de primeira:

– O que vai ser dessa vez, doutor? – perguntou Claudio.

Depois de tantos galhos que Claudio já quebrou para ele, como fazer vigia na casa de Dulce depois de Roberta ter escapado do cativeiro, Dornelas sentiu-se abusando da amizade, mas disse mesmo assim:

– Preciso de uma ajuda numa operação que vamos realizar.

– Vamos nessa. Quando e onde?

O delegado explicou tudo. Claudio comprometeu-se.

Dornelas, penalizado pela disponibilidade do amigo, agradeceu e desligou.

★

Largou o celular na mesa e, por um instante, sentiu cansaço e aflição misturados. De alguma forma, no íntimo, torcia para que Amarildo desaprovasse o plano, achasse que tudo não passava de uma loucura desmedida e abortasse a operação por completo.

Sua primeira constatação para esse repente era de que havia sido acometido por medo, puro e simples. Resolveu trabalhar nisso mais tarde, pois era hora de ligar para casa. Pegou o celular novamente e discou o número de Dulce. Ela atendeu rapidamente:

– Alô.

– Tudo bem por aí?

– Tudo. Dia calmo hoje. Neide chegou no horário. Helena mamou bem, arrotou. Está dormindo agora. E com você?

Dornelas ficou aliviado com o que ouviu, sinal de que as rusgas do dia anterior haviam se dissipado e a vida cotidiana havia voltado ao normal. Com o espírito leve, tirou as emoções das trincheiras e contou do atentado na cachoeira da Penha, do seu papo com o Frango e do plano já aprovado com o chefe.

– Vou chegar tarde. Preciso me reunir com a equipe para os preparativos – disse ao final da explanação.

– Você tem mesmo que enfrentar esses bandidos? – perguntou Dulce, a voz carregada de preocupação.

– Tenho – respondeu Dornelas, enfático. – Sou o delegado-titular e responsável por esse caso. Não posso fugir da raia, muito menos agora.

– Meu Deus – disse Dulce. – Helena acabou de nascer e... – Dulce desatou em choro. – Sinto muito.

– Calma, Dulce. Estou fazendo de tudo para que tenhamos sucesso nessa operação.

– Eu sei, é que...

Dornelas não a deixou terminar a frase, pois temia ser contaminado por uma nuvem de negatividade.

– Vou voltar para casa hoje, amanhã, depois de amanhã.

– Mas, querido...

– Dulce – disse o marido, afirmativo. – Confie em mim.

A mulher ficou sem saber o que dizer e, ainda aos prantos, desligou.

Capítulo 16

Encucado com a possibilidade de a matéria não sair no jornal, e com isso comprometer uma parte importante do plano, Dornelas teve um estalo e ficou de pé; saiu da sala, foi na de Solano e disparou da porta:

– Você tem um primo dono de um carro de som, não tem?

O investigador recebeu a pergunta enquanto dedilhava o teclado do computador. Concentrado na tarefa como um exímio pianista ao tocar Chopin, Solano acabou se assustando com a intromissão, paralisou as mãos no ar e respondeu, depois de reorganizar a cabeça:

– O Marcão. Ele circula pela cidade com uma VW Quantum caindo aos pedaços anunciando lojas, festas e óbitos. Qual a ideia, doutor?

– Anunciar o fechamento da delegacia. Não quero gente desavisada batendo na nossa porta no meio da bagunça.

– Bem pensado.

– Lute por um preço especial.

– Vou falar com ele agora.

Solano levou a mão ao celular. Dornelas virou-se para ir à sua sala. A meio caminho de lá, teve outro estalo e voltou.

– Notícias da Jaque?

– Nada – respondeu Solano.

O chefe deu-lhe as costas e foi à recepção. A espera e a falta do que fazer o estavam deixando maluco.

★

Ganhou à recepção no momento exato em que Jaque chegava da rua. Ela trazia um rolo de fita zebrada numa das mãos. Os ombros caídos e o olhar injetado denunciavam cansaço.

O delegado ficou satisfeito ao vê-la.

Jaque era a investigadora mais jovem e com menos experiência do grupo. Nem por isso era desprovida de garra e comprometimento com o trabalho e a equipe.

Enquanto caminhava em direção a ela, Dornelas lembrou-se da dúvida que tivera ao contratá-la. Dois candidatos lutaram emparelhados pela vaga: ela, de uma delegacia do interior do Estado, e ele de outra, no Rio de Janeiro.

Como sempre, o delegado escorou a decisão final em sua intuição, sobretudo quando se impressionou com a fibra e retidão que se escondiam detrás de um olhar firme e terno. Ele julgou ter encontrado em Jaque a combinação perfeita para um investigador policial: conhecimento e respeito à lei, um olhar arguto para espiar as minúcias da cena de um crime, visão espacial para reconstruir essa mesma cena sob diversas perspectivas, paciência para levantar informações pertinentes ao caso, e mais importante, um coração e uma mente trabalhando juntos, ternura e discernimento de mãos dadas.

Além disso, duas frases na entrevista para o emprego fizeram a balança pender para o lado dela: o ser humano comete crimes, doutor. A natureza humana é a mãe de todos eles.

Isso acontecera havia menos de dois anos. Seu apreço paternal por ela só aumentara desde então.

— O que você conseguiu? — perguntou o chefe.

— A identificação da vítima. Nada mais.

— Já é alguma coisa.

— Não o suficiente, doutor — rebateu Jaque, nitidamente insatisfeita com o próprio desempenho. — Eu queria ter encontrado o projétil, mas não deu. A mata é fechada demais e a noite caiu. Torci para que estivesse preso no tronco de uma árvore. Na certa entrou na terra. Sumiu, doutor. Sinto muito.

Dornelas lançou um olhar condescendente.

– Não esquente com isso. Você fez um excelente trabalho.

– Obrigada.

– E o Chagas, mandou alguém?

– Sim, o assistente. Procuramos juntos o projétil.

– Entendo.

Por sobre os ombros dela, Dornelas olhou a rua pela porta de vidros, reparou nas imensas sombras, similares a garras, que a iluminação pública reproduzia das folhas das palmeiras no asfalto. Se deu conta de que a noite chegara. Voltou-se novamente para Jaque e disse:

– Preciso fazer uma reunião com você, Solano e Lotufo. Como você está de horário?

– À disposição.

– Ótimo. Na sala de reunião em cinco minutos, por favor.

– Preciso ir ao banheiro. Pode ser?

– Claro.

Jaque deu a volta no chefe, um beijo em Ismênia, que havia assumido o lugar de Marilda, e entrou no corredor das salas.

Dornelas voltou-se para Ismênia e ordenou:

– Chame Solano e Lotufo para a sala de reunião.

Ismênia sequer respondeu, mas levantou o telefone e passou a cumprir a ordem do chefe.

★

Reunidos em torno da mesa como o Rei Arthur e os Cavaleiros da Távola Redonda, nesse caso em menor número, Dornelas deu início à reunião que julgava delicada.

Ele tinha plena consciência de que a operação para a qual estavam em preparação colocaria a vida de todos em risco. E ele, como chefe da equipe, sentia essa imensa pressão sobre os ombros. As vidas dos seus subordinados estavam em suas mãos.

Uma decisão errada e tudo acabaria.

Uma vez que ele não sabia quais as partes da investigação haviam sido reveladas a cada membro da equipe, deu início colocando-os a par de todos os detalhes: a execução no Largo do Rosário, o roubo do corpo, o anel, o inquérito com Maria das Graças – omitindo, obviamente, a parte do beijo –, o exame de balística de Chagas, o furto de uma arma da Polícia Federal em Ponta Porã, o recente crime na cachoeira da Penha e o papo subsequente com Amarildo. A surpresa foi geral quando comunicou se tratar de tráfico de joias roubadas. Por segurança da maioria, resolveu não divulgar o esconderijo do anel, restrito a ele e a Solano.

– Vamos começar de trás para frente. Jaque, diga qual o nome da vítima da cachoeira da Penha?

A investigadora tirou um papelzinho do bolso e leu em voz alta:

– Antonio Leôncio Alves. Ainda não tive tempo de procurar no sistema se ele tem ou não passagem pela polícia.

– Obrigado. Levante assim que possível. – Voltou-se para Solano. – Lotufo ficou de ver se o Bibi das mensagens no celular do Everaldo é o assessor do Secretário Municipal de Turismo.

– Vou atrás disso assim que terminarmos aqui – disse Lotufo.

O telefone tocou. Dornelas arrancou-o do gancho com uma patada.

– Sim!

– Doutor – disse Ismênia –, o sr. Chagas está aqui. Ele veio entregar um material para o senhor.

– Mande-o entrar – desligou o telefone.

Segundos depois, uma batida suave na porta e Chagas entrou segurando um envelope pardo nas mãos.

– Desculpe atrapalhar, doutor.

– Atrapalha nada. Entre, entre – convidou o delegado. – Você trouxe o exame de balística?

– Aqui está.

Dornelas abriu o envelope, puxou duas folhas presas por um grampo, deu uma olhada rápida em tudo e disse:

– Condiz com o que você explicou mais cedo?

– Integralmente.

– As fotos também vieram?

– Estão no envelope.

– Ótimo.

Dornelas puxou o telefone do gancho mais uma vez e digitou os números da recepcionista. Assim que ela atendeu, disse:

– Ismênia, por favor, escaneie o conteúdo do envelope que Chagas vai entregar para você e envie imediatamente no meu email.

– É pra já.

O delegado desligou e deu uma piscadela para Chagas, que compreendeu a instrução, pegou o envelope e se preparou para sair.

– Obrigado por mais esta – disse o delegado.

– Conte comigo, doutor.

E antes de Chagas dar-lhe as costas, emendou:

– Pena que não conseguimos o projétil do segundo disparo.

– Se não chover essa noite, amanhã passo lá, calculo a trajetória do tiro e procuro de novo. – O chefe da Perícia se voltou para Jaque. – A cachoeira vai ficar fechada para banho amanhã?

A investigadora fez que sim com a cabeça. Chagas retomou:

– Ótimo. Amanhã passo lá. Boa noite.

Todos os presentes na sala devolveram o cumprimento em uníssono. Chagas saiu e fechou a porta atrás de si.

– Bom – disse o delegado, espalmando as mãos na mesa –, voltando à operação...

O telefone tocou novamente. Dornelas bufou e atendeu:

– O que foi agora, Ismênia?

– Dona Maria das Graças acabou de chegar. Ela quer dar uma palavrinha com o senhor. Eu falei da reunião, mas ela insiste que é urgente. – Ismênia baixou o tom de voz e emendou: – Ela está muito nervosa, doutor.

Puta que pariu, pensou o delegado, ao sentir um formigamento subir-lhe pelas pernas, a coluna e terminar crispando os pelos da nuca.

– Leve-a para a minha sala, por favor.

Colocou o telefone no gancho, pediu desculpas à sua equipe e saiu.

★

Dornelas e Maria das Graças cruzaram-se no corredor. O delegado cumprimentou-a polidamente com um olhar e um aceno de cabeça, voltou-se para Ismênia e disse:

– Assumo daqui. Obrigado.

Sem dizer palavra, a recepcionista deu meia volta e retornou à recepção. Dornelas voltou-se para Maria das Graças.

– Você conhece o caminho.

A mulher deu as costas para ele, apertou o passo até o fim do corredor e entrou na sala. O estresse de Dornelas era tão grande que ele sequer teve cabeça para acompanhá-la caminhando, quanto menos desfrutar da poesia daquele rebolado e da ginga dos bicos assanhados dos seios pressionando a camiseta justa.

Assim que ele ganhou o ambiente, Maria das Graças disparou:

– Eu precisava ver o senhor.

– Sente-se, por favor – disse o delegado, procurando manter o controle enquanto dava a volta na mesa para largar o corpo na cadeira.

– Não, obrigada – e permaneceu de pé.

O delegado ficou alerta pela recusa ao conforto e decidiu manter-se em pé também. Disse, em tom calmo e ponderado:

– Eu já pedi desculpas pelo que fiz.

Maria das Graças enfureceu-se:

– O quê? Quem o senhor pensa que eu sou?

Dornelas ficou sem saber o que dizer. Maria das Graças prosseguiu:

– É isso que o senhor pensa de mim, que eu vou sair por aí contando para Deus e todo mundo o que faço com os homens? Onde já se viu! Sigilo profissional é a alma do meu negócio, doutor.

Uma puta com ética e moral, pensou e surpreendeu-se Dornelas, mas perguntou:

– Então, do que se trata isso?

Maria das Graças avançou para perto da mesa, espalmou as mãos no tampo e o encarou, os bicos dos seios marcados na camiseta.

– Entraram na minha casa. Está tudo revirado.

Dornelas imediatamente pensou no motivo: *o celular do Everaldo*.

– Quando aconteceu?

– Agorinha! Fui ao mercado fazer compras e voltei. Entre ida e volta, não deu meia hora.

– Algum sinal de arrombamento?

Maria das Graças deu-se por vencida e ajeitou-se numa das cadeiras de visitas antes de responder:

– Nada. Devem ter pulado pelo muro, que não é alto. A porta dos fundos vive aberta.

Vendo-a confortável na cadeira, o delegado resolveu se sentar também. Perguntou:

– Você notou se levaram alguma coisa?

– Aparentemente, nada. Também, além das minhas roupas e maquiagens, não guardo valor na casa.

– Então, o que você acha que estavam procurando?

– Eu é que pergunto: o que tinha naquele telefone?

Dornelas avançou sobre a mesa e colocou os cotovelos no tampo antes de responder.

– Não posso dizer. Faz parte de uma investigação.

Maria das Graças arriou o corpo na cadeira e disse, exasperada:

– É sempre assim. No final das contas, a puta é a única que se fode.

Hora de mudar o rumo da conversa.

– É absurdo pensar que você tenha câmeras de segurança no perímetro? – perguntou o delegado.

– Perímetro?! Desde quando puteiro virou perímetro? E sim, é absurdo. Que cliente vai querer me comer sabendo que tenho câmeras no perímetro?

– Tem razão. Você tem outro lugar para dormir hoje à noite?

Maria das Graças enrijeceu o corpo no lugar e disparou:

– Como assim! O senhor não vai fazer nada? Não vai revistar a casa, tirar digitais, essas coisas?

– Eu sei quem invadiu sua casa. Estamos atrás dessa gente.

– Gente? Então foi mais de um?

Dornelas fez que sim com a cabeça e insistiu:

– Você tem outro lugar para dormir hoje à noite?

A mulher arregalou os olhos numa mistura de medo genuíno e fragilidade dissimulada.

– O senhor acha que corro perigo na minha própria casa?

– Eu não perguntaria se acreditasse que você está segura.

A mulher olhou para o chão enquanto vasculhava a mente. Dornelas acrescentou:

– A casa de uma amiga, amigo, cliente... sei lá.

Enquanto dizia a frase, num canto obscuro da mente um pensamento idiota e maligno se formava: *por que não a minha casa?* Conteve o impulso de um sorriso e forçou-se a ficar na conversa, firme e sério.

Num sobressalto, Maria das Graças levantou os olhos do chão, deu um tapinha nas coxas e ficou de pé.

– Não esquente. Eu me viro.

Vendo-a de pé ali, ao alcance das mãos, Dornelas apreciou aquele espetáculo de mulher, resignou-se por sua situação em casa e desistiu de perguntar uma terceira vez onde ela dormiria dali algumas horas; limitou-se a se levantar, dar a volta na mesa e abrir a porta.

– Cuide-se – disse enquanto ela passava por ele a caminho do corredor deixando um rastro de perfume barato pelo caminho. – Qualquer coisa, me ligue.

Já debaixo do batente, Maria das Graças deu meia volta, encarou-o e disse:

– Melhor não, doutor. A doutora Dulce não vai gostar de ver uma ligação minha no seu celular.

Deu-lhe um beijo estalado na face e foi embora.

★

O delegado agarrou a maçaneta e teve um estalo. Com as costas da outra mão esfregou a bochecha para apagar qualquer resquício de batom. Não seria nada bom para sua reputação encarar a equipe com uma marca de beijo no rosto. Seguro do sucesso, abriu a porta da sala de reunião e se deparou com Solano digitando no celular.

– Onde estão Lotufo e Jaque? – perguntou o delegado.

– Foram atrás das informações que o senhor pediu.

Cansado, Dornelas viu-se dividido entre a eficiência de seus subordinados e a irritação por não poder dar continuidade à reunião.

Resolveu aguardar.

Tomou assento e tirou o celular do bolso; digitou a senha do aparelho, depois entrou no aplicativo de telefone e verificou as ligações recebidas nos últimos dias; fez alguns cálculos e, como desconfiava, a ligação que havia recebido de Bibi, dois dias antes, vinha de um número não identificado.

Valeu a tentativa, pensou.

Para descansar a mente entrou na sua conta no Instagram – @delegadodornelasoficial – e aguardou Lotufo e Jaque voltarem.

Capítulo 17

— Bom, doutor – disse Jaque. – Esse Antonio Leôncio Alves é figura conhecida da polícia. Já foi enquadrado por tráfico de drogas, furto de motocicleta e assalto a mão armada. Isso até os 15 anos. Como era menor de idade, não chegou a passar mais de um dia internado para cada ato infracional.

– Lamentável – limitou-se a dizer o delegado, a mente cansada demais para se estender em críticas ao Estatuto da Criança e do Adolescente.

– Com certeza – complementou Jaque. – Era uma questão de tempo para ele terminar desse jeito.

Ninguém emitiu opinião. Dornelas virou-se para Lotufo.

– E você, conseguiu alguma coisa?

– O número no aparelho bate com o que consta no site da Prefeitura. Uma pesquisa básica, doutor.

– Impressionante – disse Dornelas, dando um soquinho na mesa. – O número do celular de um sujeito envolvido em receptação e comércio de produto de roubo consta no site da Prefeitura. É primário demais para ser verdade.

– Também achei – disse Lotufo. – Esses políticos na certa acham que nunca serão pegos.

– Esse cara sequer desconfia que seu número de celular consta no site da Prefeitura – interveio Solano. – O chefe acabou de assumir o mandato, deve ter pedido a divulgação.

– Qual o nome dele mesmo? – perguntou Dornelas para Lotufo.

– Leandro Conceição.

O delegado voltou-se para Solano.

— Passe esse nome para seu contato no DEIC, em São Paulo. Vale ver se eles encontram alguma coisa.

— Deixe comigo, doutor.

— Da minha parte, vou conversar com o juiz Souza Botelho sobre a possibilidade de uma preventiva — disse o delegado.

— Estou na torcida para que dê certo — completou Lotufo.

Dornelas fez um meneio com a cabeça e se estendeu:

— Mas essa prisão, mesmo se o juiz acatar nosso argumento, não elimina a necessidade da operação que estamos montando.

Solano remexeu-se na cadeira. Jaque olhou fixo para o chefe e Lotufo fez cara de quem não gostou do que ouviu.

— Por que não? — ousou perguntar Lotufo.

Dornelas firmou os cotovelos no tampo e encarou cada um dos seus subordinados de cada vez e disse:

— Estamos lidando com duas quadrilhas: uma do Everaldo e esse Antonio, morto hoje. A outra, de quem assassinou os dois para roubá-los. O Bibi nos liga ao Everaldo, a quem eu chamaria de quadrilha número um. Os assassinos à quadrilha número dois.

— Então estamos trabalhando em duas frentes — concluiu Lotufo.

— Isso mesmo — sacramentou o chefe. — Para a primeira, o juiz Souza Botelho e a prisão preventiva de Bibi, o único caminho que temos. Já para a segunda...

— Entendi — disse Solano, em desalento, antes de o chefe terminar a frase.

Dornelas prosseguiu:

— Seremos quatro contra três. Tudo indica que esses três são os responsáveis por matar o Everaldo, atacar o hotel, o IML de Marealto e agora esse sujeito da cachoeira da Penha.

— Quatro contra quatro, doutor — completou Solano. — Não esqueça do atirador de elite. Ele é quem mais me preocupa.

— Considerei essa possibilidade — disse Dornelas. — Por essa razão ficaremos de tocaia fora da delegacia em locais bem protegidos. Temos de evitar a todo o custo circular em campo aberto.

– Complicado, doutor – interveio Lotufo. – E se a gente precisar correr ou sair do esconderijo?

– Temos de evitar ao máximo que isso aconteça. Sugiro usarmos armas de curto e médio alcances. Não teremos espaço para armas de longo alcance. Mas cada um pode escolher o que achar melhor para a operação. – Dornelas levantou um dedo em riste e emendou: – Isso é importante: a partir do primeiro tiro, qualquer reação a voz de prisão, passamos fogo. São eles ou nós.

– Mas como a Corregedoria vai ver isso depois? – quis saber Solano.

– Eu me entendo com eles e me responsabilizo por qualquer dano – disse Dornelas, firme. – Doutor Amarildo está ciente do que pode acontecer e nos deu carta branca. Na hora do vamos ver, quero que esqueçam aquele papo de direitos humanos e o cacete. Não estou falando em execução sumária, mas legítima defesa. Dane-se o que a imprensa vai dizer. Temos um trabalho a cumprir e estamos arriscando nossas vidas por isso.

As palavras produziram o efeito esperado. Os olhares preocupados foram substituídos por um otimismo grupal vigoroso. Dornelas ficou contente com o que viu e intimamente agradeceu por comandar uma equipe tão coesa e comprometida.

– Se vamos ficar na tocaia, quem vai dar o *start*, doutor? – perguntou Jaque.

Dornelas voltou-se para ela e disse:

– Claudio vai ficar escondido no terreno baldio duas casas abaixo do portão de trás da delegacia. Ele vai nos comunicar sempre que houver algum movimento naquele setor.

Solano levantou um dedo no ar e perguntou:

– E a porta da frente? Não vai ter ninguém para dar o *start* ali?

– Acho pouco provável que entrem pela porta da frente. Temos duas câmeras de vigilância bem protegidas naquele setor. – Dornelas levantou o celular e completou: – E posso monitorar o movimento com isso aqui.

Um silêncio foi sinal de que não havia dúvidas até ali. O delegado prosseguiu:

— Faz tempo que não organizamos uma operação policial dessa dimensão. Por isso, não quero que vocês esqueçam dos quatro esses: segurança, superioridade, surpresa e *speed*, velocidade.

— Estamos fracos em superioridade, doutor — ponderou Lotufo. — Somos quatro contra quatro, contando com o atirador de elite.

— Se ele participar — completou Solano.

— Se ele participar, é claro — disse Lotufo. — Independente disso, nossa margem de superioridade é muito estreita para não dizer nenhuma. É onde mora o perigo.

Tensão no ar.

— Com Claudio, somos cinco contra quatro ou contra três — disse o delegado, procurando aliviar a pressão. — Mas sei o que vocês estão pensando: Claudio não conta porque estará desarmado. Mas é o que temos.

Silêncio. Os investigadores se entreolharam à procura de nova intervenção, o que não ocorreu. Dornelas então lançou a pergunta:

— Tudo certo até aqui?

Solano, Lotufo e Jaque concordaram com movimentos comedidos das cabeças e olhares nervosos. Dornelas arrematou:

— Perfeito. Agora vou explicar tudo, do começo ao fim.

★

Diante do cofre aberto, cada um escolheu as próprias armas.

Solano escolheu uma pistola Glock e uma submetralhadora Walter, ambas 9mm, quatro caixas de munição e dois pentes adicionais para cada arma. Com esse arranjo, ele teria potencial de disparo de curta e médias distâncias. E mais importante, armas que estava acostumado a manusear. Ele até cogitou pegar um fuzil, sua arma preferida, mas o tamanho, peso, mobilidade e velocidade de recarga seriam um problema se ele tivesse de mudar de esconderijo com rapidez, enfiar-se num lugar pequeno, ou mesmo se precisasse de disparos seguidos.

Lotufo também optou pela Glock. Ao ponderar os locais de esconderijo e distância dos disparos, no lugar de uma submetralhadora escolheu uma escopeta calibre 12 com cano cerrado e munição com chumbo granulado grosso. Essa arma faria um enorme estrago nas distâncias apontadas pelo chefe. E ele sabia que no corre-corre e adrenalina de uma operação como essa, precisão de tiro não é o fator mais importante, mas rapidez e sangue frio.

Pegou munição suficiente para dar inveja ao Rambo.

Jaque seguiu Solano. Para ela, a submetralhadora Walther era uma arma pequena, leve e fácil de manusear. Arma de mulher, como a classificou. Para não dar sinal de fraqueza, resolveu não dividir essa opinião com seus companheiros de equipe. Para a munição, acompanhou Lotufo.

Melhor pecar pelo excesso do que pela falta.

Dornelas, por sua vez, velho combatente de tantas guerras, pegou a última Glock da prateleira e sua Winchester calibre 38. Nenhum investigador que se preze ousaria pegar a arma preferida do delegado. Arrebanhou quatro caixas de munição, duas para cada arma.

Armados até a raiz dos cabelos, Dornelas e equipe verificaram se todas estavam descarregadas. Feito isso, manusearam as armas, testaram travas de segurança, gatilhos, fizeram miras em mosquitos nas paredes e nas luminárias da pequena sala. Confortáveis até onde poderiam estar numa operação com vidas em jogo, guardaram tudo de volta no armário, cada um separando suas escolhas em um lugar nas prateleiras.

Dornelas então trancou o cofre, enfiou a chave no bolso e todos saíram.

— Nos vemos amanhã — disse, e recebeu de volta os cumprimentos de seus subordinados. — Quem fica no plantão hoje?

Jaque levantou o dedo no ar como se estivesse numa chamada na escola.

– Ótimo. Durmam bem, crianças – disse o delegado, que voltou para sua sala e se sentou diante do computador.

Abriu o aplicativo de email, encontrou a mensagem enviada por Ismênia, deu um *encaminhar*, digitou o endereço de email de Protásio e escreveu uma breve mensagem:

Protozoário,

Segue o exame de balística da arma usada em Palmyra. Aguardo o resultado da sua análise.

Abraços,

Dornelas

Clicou em *enviar*. Ao se certificar que a mensagem havia sido enviada, sequer se deu ao trabalho de verificar os e-mails do dia.

Faria isso depois. O cansaço era grande demais.

Fechou o aplicativo, desligou o computador e pegou o paletó no espaldar da cadeira.

A meio caminho da porta, lembrou que faltava uma coisa a fazer e voltou para a cadeira.

Passou a mão no telefone e ligou no celular do juiz Souza Botelho.

Era véspera de uma quarta-feira de cinzas. A cidade esvaziara consideravelmente. Apenas uma parte dos turistas, em sua maioria estrangeiros hospedados na cidade e passageiros dos navios de cruzeiro, emendaria o que restava da semana até o próximo domingo.

A essa hora o juiz, amante dos bons pratos, deveria estar estirado no sofá digerindo uma peixada à brasileira, ou, quem sabe, uma moqueca de camarão feita com esmero e ingredientes de primeira. Dois toques e a voz anasalada, similar à de um ganso, soou no aparelho:

– O que foi dessa vez, delegado?

Dornelas contou tudo.

– Quero a prisão preventiva desse Bibi – arrematou.

– Preciso refletir sobre isso. Farei isso esta noite. Passe aqui na primeira hora da manhã para conversarmos.

– Qual seria a primeira hora para o senhor? – arriscou-se a perguntar o delegado.

– Mais tarde que a sua. Que tal 8:30?

– Perfeito.

Saudaram-se e desligaram.

Dornelas colocou o fone no gancho e ficou de pé. Antes de se afastar da mesa, deu uma última olhada na tomada atrás do arquivo.

Tudo em ordem.

Apagou a luz e saiu.

★

Passava das 21h30 quando abriu a porta da sua casa. Apenas a luz de um dos abajures ao lado do sofá estava acesa. O resto do ambiente escondia-se na penumbra. Não fosse o distante ribombar de um samba enredo ardendo em algum canto da cidade, o silêncio seria completo.

Ninguém apareceu para cumprimentá-lo, nem mesmo Lupi.

Vira casaca, pensou sobre o cachorro.

Dornelas não chegou a se sentir triste com o que poderia ser encarado como um descaso. Um bebê em casa altera a dinâmica das vidas de todos os seus moradores, incluindo do cachorro e do gato. Se bem que do gato nada se espera além da costumeira indiferença.

Dirigiu-se à cozinha, abriu a geladeira e os restos de carne moída, purê de batatas, arroz e feijão não provocaram eco algum em seu espírito. Decidido, tirou uma cumbuca do armário de louças e preparou seu goró, a mistura de farinha láctea, leite em pó e água.

Liquidou o mingau em poucas colheradas, depositou a cumbuca na pia e encheu-a de água. Se não fizesse isso, a cuba estaria infestada de formigas na manhã seguinte.

Tirou os sapatos, subiu ao seu quarto e abriu a porta devagar. Ninguém se mexeu com sua chegada. Os estalos da babá eletrônica se misturavam à respiração pesada de Dulce, atravessada no colchão. Hitchcock dormia enroladinho sobre um dos travesseiros. Lupi, na certa, estaria estirado debaixo da cama. Dornelas não quis incomodá-los.

Deixou o par de sapatos no chão, fechou a porta e foi ao quarto da filha.

A porta estava encostada. Numa das tomadas no rodapé, uma pequena luminária em formato de ursinho jogava uma luz tênue pelo caminho até o berço. Por longos segundos, Dornelas admirou Helena, deitada de lado, os olhinhos fechados, as mãozinhas cruzadas diante do rosto, a respiração suave e quase imperceptível.

Ficou tentado, mas não ousou tocá-la.

Voltou ao corredor e desceu as escadas até a sala; abriu o bar e serviu-se de uma dose de Canarinha; acendeu a luz de outro abajur e se sentou diante da pequena mesa de jogos herdada do avô paterno; abriu um deque de baralhos e preparou uma mão de paciência.

Forçou-se a jogar algumas mãos, sem entusiasmo. Bebeu a cachaça, desligou as luzes e voltou para o quarto; fechou-se no banheiro e se dedicou a um banho longo e relaxante; enxugou-se, escovou os dentes, apagou as luzes e se enfiou na cama; deslizou sob o lençol, colou o corpo em Dulce, que murmurou qualquer coisa e se deixou envolver pelo abraço apertado e pelos beijos intermináveis.

Não foi preciso esperar muito para o sono apoderar-se dele.

★

Os berros de Helena, no meio da madrugada, foram insuficientes para tirá-lo do sono profundo.

Dulce, mais uma vez, cuidara da filha sem a ajuda do marido.

Dornelas pulou da cama às 7h30 com a sensação de ter perdido a hora. O grande dia chegou e ainda havia muito a ser preparado. Fez a higiene no banheiro e saiu sem sequer ter percebido que estivera lá.

Vestiu-se ligeiro, deu um beijo rápido em Dulce – que dormia agarrada ao travesseiro –, pegou o celular no criado-mudo, desconectou-o do carrgador e saiu sem fazer barulho. Lupi pôs a cabeça para fora da barra da cama, mas não se dignou a sair.

De meias, segurando o par de sapatos numa das mãos, foi ao quarto da filha; abriu a porta devagar, deslizou até o berço e, ao debruçar-se para encostar os lábios na testinha rosada, o celular tocou no bolso da calça, a campainha no máximo.

E a bagunça começou.

★

O berreiro ecoou pelos quatro cantos da casa como ondas de um terremoto, criando uma sucessão de movimentos que demoraram a se acomodar.

Enquanto Dornelas puxava desesperadamente o aparelho do bolso para desligar a campainha, Dulce pulava da cama e, aos trambolhões, corria pelo corredor para acudir a filha.

– Desligue essa merda! – gritou ela ao entrar no quarto. O telefone tocava sem parar. – Saia daqui! – disparou a mulher enquanto tirava Helena do berço e a aninhava nos braços.

Amuado, Dornelas saiu do quarto, desceu as escadas e, já na sala, atendeu a ligação sem saber quem era do outro lado da linha.

– Que merda é essa, Dornelas? – metralhou uma voz masculina conhecida.

– Quem fala?

– Miranda, Dornelas. Vou perguntar mais uma vez: que merda é essa?

As emoções e os pensamentos se cruzavam e se chocavam furiosamente dentro dele, dificultando a organização de uma linha de raciocínio clara e articulada.

– Como assim? – rebateu.

— Encontramos o corpo que foi roubado do IML. O Everaldo, está lembrado?

— Arrã.

— Pois então, o corpo está todo retalhado, as tripas para fora. Com que merda estamos lidando aqui? Chega de segredos. Você vai ter de me contar ou juro que pego o carro e vou até aí tirar isso de você pessoalmente.

De pé na sala — os berros da filha se aquietaram — Dornelas respirou fundo e resolveu tomar assento no sofá antes de falar.

— Ok. Calma. E preste atenção — ressaltou Dornelas. — Entenda que o que vou dizer não contei antes para sua segurança e porque o dr. Amarildo não quis. Claro até aqui?

— Claríssimo.

— Muito bem.

E Dornelas soltou verbos, substantivos, adjetivos, sujeitos e predicados.

— Mais calmo agora? — perguntou ao final da longa explicação.

Miranda deu um longo suspiro do outro lado da linha e disse:

— Como posso ajudar?

Capítulo 18

Uma coisa é pedir ajuda, a submissão imposta pelo pedido. Outra é quando a ajuda é oferecida de bom grado e, por isso mesmo, não há submissão alguma, mas uma relação de igualdade e fraternidade.

Por alguns segundos, Dornelas ficou contente pela sucessão de eventos que culminaram naquele momento, como se todos os erros, acertos, dúvidas e decisões tomadas sem convicção nos dias anteriores o tivessem conduzido cegamente a um desfecho favorável. Sentia-se como se um pedido secreto houvesse sido atendido. E sem cobrança alguma.

Ele finalmente teria a oportunidade de enfrentar a gangue que aterrorizava Palmyra e Marealto com maioria absoluta e sem ter de se submeter às exigências do delegado da cidade vizinha, pois ele, da mais pura boa vontade, lhe estendera a mão.

Apenas um idiota recusaria o presente.

Dornelas ajeitou-se no sofá e detalhou todo o plano para capturar a quadrilha.

– De quantos homens você precisa? – perguntou Miranda.

– Devolvo a pergunta. De quantos você dispõe?

– Bom, vou precisar de pelo menos um para cuidar desse caso do corpo. Vou precisar de mais um ou dois para segurar as pontas enquanto sua delegacia fica fechada. Acho que consigo mandar dois. Ajuda?

– Muito.

– Dois, então. Que tipo de armamento você sugere?

– Para pequena e média distâncias.

– Ok. A que horas você os quer aí?

– Imediatamente. Mas peça para alguém me ligar quando estiverem chegando. Quero encontrá-los longe da delegacia, sem alarde.

– Bem pensado.

– E peça para virem à paisana e em carro de passeio. Nada de carro oficial, sirene, giroflex e o cacete.

– Combinado.

– Nos falamos. E obrigado.

Desligaram.

★

Às 8h30 em ponto, Dornelas deu de cara com a porta fechada da casa do juiz Souza Botelho. Ele esquecera de perguntar se esse horário era cedo demais, se poderia tocar a campainha sem o risco de acordar Noquinha e a cachorra. Uma vez que o juiz nada mencionou a esse respeito, fez um nó com os dedos e deu duas leves batidas.

– Já vai – gritou a voz anasalada do lado de dentro.

Segundos depois, a porta se abriu e a massa humana o recebeu, traje social e gravata solta sobre os ombros.

– Bom dia, doutor – esticou a mão, Dornelas.

– Entre, entre, delegado – disse o juiz, completando apressadamente o aperto de mão e quase puxando-o para o interior da casa.

Dornelas deu dois passos sala adentro e o homenzarrão conduziu-o ao escritório. E como se estivesse assistindo à mesma cena de um filme pela segunda vez, o juiz o convidou a sentar e perguntou:

– Qual o nome da vítima?

– Antonio qualquer coisa. Não lembro o sobrenome.

– Não importa. O senhor tem plena convicção de que o Bibi para o qual estamos pedindo prisão preventiva é o assessor do Secretário de Turismo?

— O número de celular que constava no aparelho da primeira vítima, com mensagens ligadas à venda do anel, é o mesmo divulgado pelo site da Prefeitura onde consta seu nome.

— Absurdo isso.

— Concordo.

— Devo presumir que o senhor esteja ciente do risco de o STJ anular a prova no celular pelo simples fato de ter sido obtida sem autorização judicial — explicou o juiz.

Dornelas sentiu-se envolvido pelo juridiquês do seu interlocutor e resolveu entrar no jogo.

— Sim, estou ciente, Excelência. No entanto, neste momento, esse é o único meio de prova de que disponho. Além do mais, tenho a esperança de que o STF mude esse entendimento ao julgar o tema, que, inclusive, gerou um incidente de Repercussão Geral que se encontra sub judice. Além disso, devo acrescentar que o proprietário do dito aparelho se encontra morto, de modo que em qualquer que seja o processo que esse fato gerará, a prova obtida não poderá prejudicá-lo sob ótica alguma.

O juiz absorveu as palavras, fez um bico e baixou a cabeça enfiando-se em reflexão. Pelo olhar arguto, Dornelas pôde ver uma constelação de pensamentos indo e vindo na mente do homem.

— Compreendo seu ponto de vista, delegado — disse depois de longo silêncio. — Creio termos base jurídica sólida para correr o risco. — Ele então buscou um envelope sobre a mesa, entregou-o a Dornelas e arrematou: — Aqui está. Rogo para que estejamos trilhando o caminho certo.

Por alguns segundos, a frase deixou Dornelas em dúvida se o pedido de prisão havia sido feito de forma impensada, para não dizer no calor das emoções, ou pior, se ele estava em busca de incriminar quem quer que fosse para um crime sem suspeitos. Pesou sobre seus ombros a imensa responsabilidade de acusar qualquer pessoa. E se essa acusação recaísse sobre um inocente? O risco existia, assim como sempre existe, e devia, assim como sempre deve, ser administrado com muito cuidado. Mas alguma coisa, no submundo da sua intuição, dizia que o pedido era procedente e devia insistir nele.

O delegado aceitou o envelope das mãos do juiz e afirmou:

– Estamos.

O juiz Souza Botelho cravou os olhos nos de Dornelas, encontrou uma convicção férrea e disse:

– Ótimo. Então boa sorte a todos nós.

Sem trocarem palavras, os dois homens caminharam até a porta, o juiz abriu-a, ofereceu a mão ao delegado e uma voz retiniu, aguda e irritante, dos confins da casa:

– Quem é a essa hora da manhã, Nino?

Dornelas completou o aperto de mão no mesmo instante em que o juiz girava os olhos nas órbitas e dizia:

– Pronto, Noquinha está de pé. Vá, doutor, vá!

Grato pela consideração, Dornelas aceitou a sugestão e rapidamente se apossou da rua. O juiz então bateu a porta e a voz anasalada respondeu:

– O delegado!

E a cachorra começou a latir.

★

Dornelas estacionou o carro na vaga de sempre, abriu a porta e escutou uma voz masculina de timbre metálico vinda de uma caixa de som não muito longe dali:

Bom dia, bom dia.
De hoje ao meio-dia, até amanhã no mesmo horário,
Palmyra fica sem delegacia.
Se durante esse período deu furto, roubo ou assalto,
procure a delegacia de Marealto.

Divertiu-se com as rimas e seguiu para a banca de jornal do outro lado da rua, onde comprou a edição da Gazeta de Palmyra.

A matéria do Frango estava lá, na capa, ostensiva: Polícia Civil de Palmyra investiga tráfico de jóias roubadas.

Antes de se enfiar nas pequenas letras do texto, Dornelas iniciou o ritual de encolher e distender o braço, aproximar e distanciar a página dos olhos até encontrar a distância correta para a leitura sem a ajuda dos óculos.

Feito isso, leu tudo com atenção redobrada.

Ao terminar, ponderou que o tom da matéria condizia com a realidade, não havia exageros e nem nenhum menção ao plano em curso. Mas ao atinar para o fato de que ele, delegado, havia sido apontado como o responsável pelo anel, sentiu uma fisgada de preocupação.

Por um segundo, cogitou adiantar a operação. Refletiu sobre isso e logo desistiu. Cláudio demoraria a chegar, assim como os policiais da delegacia de Marealto.

Não existia alternativa senão começar no horário combinado.

Mas a preocupação persistia.

Tentou afastar o pensamento da mente, sem sucesso; encaixou o jornal no sovaco e voltou para a delegacia; empurrou a porta da recepção e perguntou para Marilda assim que entrou:

– O que achou da mensagem?

– Se for para nos deixar malucos, funciona. Perdi a conta de quantas vezes ouvi essa gravação.

– Então funciona mesmo – abriu um leve sorriso e se aproximou da mesa da recepcionista. – Algum recado?

– Nada ainda.

– Solano chegou?

– Sim, Jaque e Lotufo também. Estão todos tensos hoje.

Não é para menos, pensou Dornelas ao se encaminhar ao corredor das salas e estacar diante da mesa de Solano.

– Bom dia – disse o chefe. – Leu a matéria do Frango?

O investigador, de caneta em punho lidando com alguns documentos, levantou-lhe os olhos e disse:

– Ainda não.

Dornelas jogou o jornal sobre a mesa e disse:

— Gostei da gravação. O que você achou?

— O Marcão é fera — respondeu Solano apontando para uma das cadeiras. — O senhor não quer sentar? Tenho novidades.

Entusiasmado com a notícia, Dornelas se ajeitou numa das cadeiras e aguardou.

Solano largou a caneta, cruzou as mãos diante do rosto e disse:

— Passei naquela casa do Centro Histórico onde produzem e estocam fantasias de carnaval. Tá lembrado?

— Sim, sim. O que encontrou?

— Um sujeito apareceu faz uns quinze dias querendo comprar uma fantasia daquelas grandes, feitas de papel machê.

— E então?

— O dono do lugar disse que as fantasias não estavam à venda, que eram para uso no carnaval de Palmyra, mas o sujeito insistiu tanto que o responsável acabou vendendo uma por dois mil reais, paga em dinheiro vivo.

— Isso é estranho. Ele disse qual seria o uso da fantasia?

— Sim. O sujeito disse que a levaria para a cidade dele, no interior do Estado.

Dornelas deu de ombros e soltou a frase:

— Não importa. Ele poderia ter dito qualquer coisa. O que mais?

— O produtor das fantasias o ajudou a carregar o traje para fora do Centro Histórico e amarrá-lo na caçamba de uma caminhonete estacionada ao lado do quiosque de informações turísticas, na entrada da cidade.

O delegado pensou um instante.

— Ele não se lembra da marca, placa, essas coisas? Será que ele consegue descrever esse homem, digo, para fazermos um retrato-falado?

— Sobre o carro, apenas que era cinza. Ele não lembra da marca, muito menos da placa. Sobre o retrato-falado, chamei o sr. Benício. Como mora em Marealto, pedi para ele vir amanhã à tarde.

Dornelas passou a beliscar os lábios. Refletia. Depois de alguns segundos, disse:

– Não existe uma câmera de segurança nesse quiosque?

O investigador ficou animado e disparou:

– Vou já para lá ver se existem gravações.

Dornelas ponderou a operação.

– Ótimo. Mais alguma coisa?

– Por enquanto é isso.

– Bom trabalho.

Solano olhou o relógio.

– E sobre a operação de hoje? São quase 9h30. A que horas o senhor quer fechar tudo? Pergunto para eu poder grudar a mensagem na porta da entrada.

– Quero todos fora daqui às 11h30. Nos vemos na minha sala às 11 em ponto para pegarmos as armas do cofre.

– Combinado.

Dornelas levantou-se, bateu com os nós dos dedos no batente e foi para sua sala. No caminho, parou na de Lotufo.

– Bom dia.

O investigador estava com o jornal aberto sobre a mesa.

– Bom dia, doutor. O senhor viu o jornal de hoje?

– Boa a matéria – limitou-se a dizer Dornelas, a preocupação por ter sido apontado como o responsável pelo anel como que dando pontadas no cérebro. – A coisa vai esquentar daqui para frente. Tudo pronto?

– Tudo até onde podemos estar. E o Cláudio?

– Vou confirmar com ele agora.

Dornelas deu-lhe as costas. Ao sair da sala, lembrou-se de uma coisa e voltou.

– Avise Solano e Jaque que dois agentes da delegacia de Marealto estão a caminho de Palmyra para nos ajudar.

– Como o senhor conseguiu isso?

– O delegado Miranda ofereceu e eu aceitei.

– Muito bom – desabafou Lotufo.

– Aproveite e veja com Solano as instruções que dei sobre nosso horário de saída.

– Deixe comigo. – O delegado se preparava para dar-lhe as costas quando o investigador o interrompeu: – E o mandado de prisão do Bibi?

O delegado levou a mão ao bolso do paletó e disse:

– Está aqui, mas não podemos usar hoje. Onde vamos prender o safado?

–Tem razão.

O delegado foi para sua sala. No caminho, parou na de Jaque. Ela não estava lá. Seguiu adiante, ajeitou o paletó no espaldar da cadeira e, antes de sentar, passou os olhos na tomada detrás do arquivo. Intacta.

Desabou o corpo na cadeira e fez uma ligação usando o celular. Dois toques e seu interlocutor atendeu:

– Claudio!

– Bom dia, doutor.

– Tudo pronto para hoje?

– Tudo. Onze horas aí, conforme combinamos?

– Espero você.

Desligaram.

★

O delegado puxou o molho de chaves do bolso da calça, destrancou e abriu a gaveta de chocolates. Pegou uma das barras, rasgou a embalagem e destacou uma tira inteira. Devorou quadradinho por quadradinho enquanto repassava na mente todas as vertentes da investigação até aquele momento. Ao pensar em Chagas e na visita que ele ficou de fazer à cachoeira para procurar o projétil, o telefone tocou. Atendeu:

– Diga.

– O senhor Chagas na linha, doutor – disse Marilda.

Dornelas ficou contente com a sincronia entre fato e pensamento. Entendeu como um sinal de bons augúrios para a operação que se iniciaria dali algumas horas.

– Pode passar – instruiu.

Alguns segundos e a voz de Chagas surgiu na linha.

– Bom dia, doutor.

O tom animado deixou o delegado esperançoso.

– Encontrou o projétil?

– Sim. Estava mais à frente de onde a Jaque procurou. A mata é fechada mesmo.

– Onde?

– Enfiado no tronco de uma árvore não muito grossa. Precisei cavoucar um bocado para chegar nele. O melhor de tudo é que, pelo tronco ser mais mole que uma parede de tijolos, o projétil está bem preservado.

– Numa rápida análise, o que você acha dele?

Chagas deu uma longa fungada e desabafou, com cautela:

– É cedo para dizer, doutor. Mas assim, numa análise superficial, posso afirmar que é do mesmo calibre da arma usada no Centro Histórico. Se for, preciso estudar melhor para saber se saiu da mesma arma.

– Já ajuda muito. Belo trabalho.

– Obrigado.

– Preciso desligar agora. Estou enrolado numa coisa aqui.

– Para quando o senhor quer o relatório deste disparo?

– Não vou poder olhar isso hoje. Amanhã à tarde está de bom tamanho.

– Combinado, doutor – e desligou.

O delegado colocou o fone no gancho e se deu conta de que faltava o retorno de Protásio ao email enviado na noite anterior.

Ligou o computador e verificou a caixa de entrada.

Nada.

Resolveu aguardar. Era cedo para cobrar o Diretor Geral da Polícia Federal.

Capítulo 19

Quarenta minutos mais tarde, Solano apareceu na sala de Dornelas com três CDs nas mãos.

– Consegui, doutor, um mês de gravação. Preciso de tempo para assistir tudo.

– Ótimo. Deixe isso de lado agora. Chame Jaque e Lotufo. Precisamos começar a nos mexer.

O investigador saiu da sala no mesmo instante que o delegado olhava o relógio e pensava: *onde estão os dois homens do Miranda? Eles já deveriam ter chegado.*

Olhou a tela do celular para se certificar de que não havia ignorado uma ligação recebida.

Nada.

Passou a mão no fixo e discou três teclas:

– Marilda – disse assim que a recepcionista atendeu. – Chegou ou ligou alguém da delegacia de Marealto procurando por mim?

– Até agora, nada.

– Ok. Me mantenha informado se uma dessas duas coisas acontecer, por favor.

– Pode deixar.

Desligou e aguardou.

A ansiedade era grande. Difícil controlá-la.

Decidiu começar os preparativos na sala do cofre; ficou de pé, enfiou, como sempre, a mão no bolso para tirar o molho de chaves e ouviu um grito feminino desesperado, vindo da recepção.

A voz de Marilda.

Sentiu o sangue congelar nas veias, mas logo teve um clarão na mente e atinou: *o anel!*

Cogitou sair para acudi-la. Desistiu.

Seus investigadores estariam mais perto. Torceu para que não fizessem nenhum movimento impensado.

Em apenas alguns segundos, abriu a gaveta, tirou a pistola do coldre e jogou o coldre no lixo, no meio da papelada; destravou o gatilho da arma e escondeu-a sobre o arquivo de pastas suspensas, detrás de uma pilha de pastas; desarrumou-a um pouco para encobrir a pistola e voltou para sua cadeira.

Aguardou, as mãos espalmadas sobre o tampo da mesa.

Enquanto executava a manobra, ouviu um alvoroço no corredor seguido de gritos de vozes masculinas estranhas e desencontradas. E como não havia escutado um estampido de tiro, ficou aliviado ao presumir que sua equipe, seus amigos na verdade, ainda estavam vivos.

Bastou menos de um minuto para que a porta fosse aberta e um homem de preto, com o rosto encoberto por um capuz – apenas os olhos à mostra –, entrasse na sala com uma pistola em punho.

– Cadê o anel? – quis saber o sujeito ao fechar a porta atrás de si e postar-se diante da mesa, a arma apontada para o delegado.

Procurando manter-se calmo no limite do possível, Dornelas respondeu:

– Garanta a segurança da minha equipe.

– A arma!

– No cofre, na sala ao lado. Não ando armado.

– Tá de brincadeira! – disse o sujeito, rispidamente. Ele então deu a volta na mesa e apontou a pistola para a cabeça do seu refém. – Levanta, vamos, levanta! Mãos na nuca!

Dornelas seguiu a ordem.

– Agora senta lá – instruiu o sujeito direcionando a mira da arma para as cadeiras de visitas.

Sob a mira da pistola, o delegado deu a volta na mesa e sentou numa delas.

O sujeito tomou a cadeira de Dornelas e abriu cada uma das gavetas. Ao chegar à gaveta trancada, disse:

– A chave.

– No bolso da minha calça.

O sujeito apontou a arma para seu peito e disse:

– Sem gracinhas ou morre aqui mesmo.

Em movimentos lentos e estudados, Dornelas baixou as mãos, enfiou a direita no bolso e tirou um molho de chaves; separou uma e entregou tudo ao homem. Disse, cauteloso:

– O que você vai fazer com a minha equipe?

– Quietinho – limitou-se a dizer o homem enquanto pegava o molho e destrancava a gaveta. Ao abri-la, arregalou os olhos e disse: – Que porra é essa, delegado! Só tem chocolate aqui!

Incapaz de sorrir, Dornelas deu de ombros e grunhiu qualquer coisa. O homem apalpou os bolsos do paletó no espaldar da cadeira e nada encontrou; voltou-se para o delegado novamente, a arma ainda apontada para o peito.

– Mãos atrás da cabeça. Tá lembrado?

Mais uma vez, Dornelas seguiu as instruções sem questionar.

– Agora o anel.

– Primeiro diga o que você vai fazer com a minha equipe.

– O senhor não está na posição de pedir nada.

– Só eu sei onde está o anel. Me mate e você sai de mãos vazias.

Nos olhos do homem, uma mistura perigosa de nervosismo, dúvida, terror, obstinação.

Nitroglicerina humana.

Enquanto o impasse prosseguia, Dornelas pôde ouvir o que parecia uma negociação no corredor. Ele conseguiu distinguir as vozes de Solano, Lotufo e outra feminina. A voz soava tão baixa, certamente abafada pela porta fechada, que ficou difícil saber se era de Jaque ou de Marilda.

– Vou resolver isso já – disse o homem.

Dornelas ficou alarmado com a frase. O que isso queria dizer, que ele ameaçaria a vida de seus subordinados em troca do anel ou provocaria uma chacina ali mesmo, dentro da delegacia, como fizera no IML de Marealto?

O sujeito ficou de pé num salto, e com a arma ainda em punho, voltada para o peito do delegado, foi até a porta, abriu-a e gritou para o vão do corredor:

– DOIS!

Passos cada vez mais próximos e a voz de outro homem, que Dornelas não chegou a ver, emanou de lá:

– Diga.

– Põe todo mundo na tranca.

– Beleza.

Os passos foram ficando distantes. O dois, que Dornelas presumiu ser o segundo na cadeia de comando, saiu para cumprir a ordem de quem parecia ser o número um, o chefe da equipe. *Na certa existe o número três*, pensou o delegado. *E o quatro?*

O líder fechou a porta novamente, encostou a arma na cabeça do refém e disse:

– Agora o anel.

Dornelas levantou os olhos para ele e perguntou, a voz branda e submissa:

– Posso ficar de pé?

O sujeito afastou-se um passo e disse:

– Sem gracinhas.

Dornelas assim o fez e pediu:

– Preciso de uma chave de fenda.

– Que merda é essa! – Como um animal, o homem deu um salto na direção do delegado e pressionou o cano da pistola contra seu pescoço. – Onde está a porra do anel? Última chance.

Dornelas se manteve firme, fechou os olhos, respirou fundo e disse:

– Uma chave de fenda e eu o entrego a você.

– Caralho!

Calmo, o delegado completou:

– Peça ao seu subordinado que converse com Solano, meu investigador. Ele tem um canivete suíço guardado em algum lugar.

– Caralho! – repetiu o número um, que então abriu novamente a porta e gritou, o refém ainda sob a mira da arma: – DOIS!

– FALA – gritou de volta o subordinado. Pelo volume e posição, Dornelas presumiu que o número dois estivesse na antecâmara da cadeia.

– PEDE PARA O TAL DO SOLANO DIZER ONDE ELE GUARDA A PORRA DO CANIVETE SUÍÇO.

Um silêncio seguido de murmúrios. Dornelas, com as mãos detrás da cabeça, mantinha os ouvidos afiados a qualquer ruído.

O dois gritou de volta:

– NA PRIMEIRA GAVETA DA MESA DELE.

– VAI PEGAR, CARALHO!

– UM MINUTO. TÔ COM O NÚMERO TRÊS BOTANDO OS POLÍCIA NO XILINDRÓ.

Então existe um número três, assegurou-se Dornelas. *E o quatro?*, questionou-se novamente e respondeu a si mesmo: *Deve estar fora da delegacia.*

O número um voltou-se então para o delegado e soltou a ordem:

– Levanta. Você vem comigo.

Aparentando submissão, mas em alerta total, o delegado ficou de pé, e com as mãos ainda na nuca, foi até a porta.

Seu algoz perguntou assim que chegaram ao corredor:

– Onde é a sala do Solano?

Dornelas fez um sinal com a cabeça.

– Você na frente – ordenou o número um.

Dornelas entrou na sala sob a mira da arma, o cano cutucando as costelas. Sobre a mesa, a arma de Solano. A tentação era grande demais. O risco, imenso.

Ao vê-la, o número um adiantou-se e a pegou, abriu a primeira gaveta, de lá tirou o canivete suíço e guardou a arma; fechou a gaveta e conduziu Dornelas de volta à sua sala. Ao entrar, bateu a porta atrás de si, entregou o canivete ao seu refém e disse, entre dentes trincando:

– Se fizer gracinha, morre.

– Fique tranquilo.

Dornelas se aproximou do arquivo de pastas, pensou na arma, mas não ousou olhar para ela; abraçou o pesado arquivo, empurrou-o para o lado com cuidado e ficou de joelhos; liberou a chave de fendas do canivete, tirou os dois parafusos, um depois do outro, afastou o espelho e puxou o saquinho plástico com o anel.

Suor minava da testa e escorria pelo rosto.

Ficou de pé e diligentemente entregou o saquinho ao número um e ouviu ao longe:

– Doutor! Doutor!

A voz de Claudio, mas vinda de onde, de dentro ou de fora da delegacia? Presumiu que fosse fora. Os bandidos certamente haviam trancado as portas de acesso à entrada principal e à saída dos fundos.

Seu captor, com a pistola trêmula apontada para o peito do delegado disse de modo ameaçador:

– Bico fechado. Um pio e você já era.

Dornelas, já de pé e com os braços levantados, permaneceu mudo. Claudio insistia:

– Doutor! Doutor!

Silêncio. Menos de um minuto e seu celular começou a tremer sobre a mesa, a tela acesa.

– Não atenda – instruiu o homem.

Dornelas não se mexeu. O celular parou de tocar.

Minutos se passaram seguidos de um silêncio inquietante. O número um então foi até a porta, abriu-a e gritou pelo corredor:

– DOIS!

O sujeito respondeu, mais perto:

– Diga.

– Estou com a mercadoria. Você e o três saiam pela porta dos fundos e cubram a minha saída. Aviso quando estiver pronto.

– Entendido – disse o número dois.

Dornelas aguardou.

Em apenas alguns segundos, não soube precisar quantos, sua mente reproduziu uma sucessão de imagens num filme completo, sua vida inteira com começo, meio e fim culminando naquele momento do ano, dia, hora, minuto e segundo. Isso significaria a própria existência prestes a terminar? Seu primeiro impulso foi o de fechar olhos e esperar pelo desfecho iminente. Lutou contra o que parecia inevitável e aguardou.

De repente, o barulho de tiros, aqui e ali, seguido de uma gritaria, do lado de fora.

Que porra é essa?, pensou.

Atento aos mínimos movimentos do seu captor, às nuances do seu comportamento, o foco dos olhos, a posição do corpo, da arma, notou que a confusão o distraiu por uma fração de tempo.

Um pensamento definitivo cruzou seu cérebro: *ele ou eu.*

Ágil como um gato, Dornelas deslocou a mão da nuca, buscou a arma detrás das pastas, fez mira e disparou. Mal sabia que o sujeito, no mesmo instante, havia disparado também.

Dornelas foi atingido por um tranco, seguido de fogo em brasa e uma dor lancinante.

As pernas amoleceram como gelatina e ele caiu.

Não demorou para a realidade ficar opaca, depois granulada, e ele ser engolido pela escuridão.

★

Dornelas não soube precisar quanto tempo havia passado, se era dia ou noite, muito menos onde estava. A boca, um deserto de tão seca. Procurou se mexer e viu-se como que encarcerado no próprio corpo, como uma múmia em um sarcófago.

Desistiu.

Sentia-se zonzo, a mente em rodopios.

Abriu os olhos com dificuldade e voltou a fechá-los para se proteger da luz forte. Abriu-os novamente e os manteve semicerrados.

Viu-se envolvido por cortinas verdes e sentiu o calor de uma mão sobre a sua.

— Acordou, senhor Joaquim — disse a enfermeira, o olhar calmo, quente e receptivo. — Como está se sentindo?

— O que aconteceu? — sussurrou Dornelas.

— O senhor levou um tiro no abdome, perdeu muito sangue e passou por uma longa cirurgia.

— Quem me trouxe?

— Não sei dizer. Mais tarde o médico vai colocá-lo a par de tudo. Mas agora o senhor precisa descansar.

— Água, por favor — gemeu.

— Só um minutinho.

A mulher afastou a cortina, saiu e voltou menos de um minuto depois com água num copinho plástico. Ela o ajudou a levantar a cabeça, encostou o copinho nos lábios ressequidos e disse:

— Beba em pequenos goles, devagar.

Dornelas assim o fez e foi tomado por um alívio inebriante. Ao terminar, empreendeu um grande esforço e ousou perguntar:

— Quanto tempo preciso ficar aqui?

— O tempo necessário para que esteja em condições de ir para o quarto. Descanse. É o melhor que o senhor tem a fazer agora.

Conformado com sua situação, fechou os olhos e aguardou.

★

O movimento brusco das cortinas sendo abertas o despertou. Abriu os olhos e a mesma enfermeira, seguida de um enfermeiro, se aproximou dele. Com o olhar fixo no teto, ouviu dois cliques, que presumiu virem dos freios da maca sendo destravados. A enfermeira pousou sobre Dornelas um olhar carinhoso e perguntou:

— Como o senhor está se sentindo?

— Grogue, mas bem — respondeu, num fio de voz, o delegado.

— Tem dor?

Dornelas precisou de alguns segundos para responder.

Com a consciência, investigou o próprio corpo. Sentiu-se revirado por dentro, mas disse:

– Não.

– Ótimo. Vamos para o quarto agora.

★

Dulce o encontrou na saída da sala de recuperação.

– Joca – disse a mulher dando-lhe um longo beijo na boca enquanto acariciava o rosto e os cabelos desgrenhados. – Como você está, querido? Em que loucura você foi se meter, meu amor! Fiquei tão preocupada!

Dornelas alegrou-se ao vê-la.

– Vivo, como prometi – a voz cansada, cavernosa.

O enfermeiro iniciou o percurso pelos corredores do hospital. Dulce seguiu caminhando ao lado da maca de mãos dadas com o marido. Dornelas buscou energia dentro de si e perguntou:

– Helena. Como está?

– Ótima. Deixei-a com a Neide – Dulce fez uma breve pausa e prosseguiu, ironicamente: – O lado bom dessa bagunça é que agora você vai poder passar um bom tempo com a nossa filhinha.

Dornelas pensou na filha, sorriu, mas perguntou:

– Solano e equipe, o que aconteceu?

– Estão todos bem. Fique tranquilo. Combinei com Solano de ele vir dormir com você esta noite.

O pensamento imediato de Dornelas era de que não seria necessário, pois detestava criar incômodo para quem quer que fosse. No entanto, em se tratando de Solano, viu nisso uma boa oportunidade para o subordinado contar o que aconteceu no restante da delegacia, antes e depois do tiro.

– Que horas são? – quis saber.

– Sete e meia da noite. Sua cirurgia foi longa e delicada. Você ficou um bom tempo na sala de recuperação.

Dornelas nada disse.

Dulce leu dúvida e curiosidade em seus olhos e resolveu se estender, usando a linguagem médica habitual:

— Você teve muita sorte. A bala perfurou o abdome, o que causou uma hemorragia abdominal maciça e consequente queda de pressão arterial. Ao chegar ao hospital, você passou por uma laparotomia exploradora de emergência que constatou uma lesão esplênica transfixante. Foi preciso realizar uma esplenectomia para estancar o sangramento.

— Em português... — murmurou, num leve sorriso.

— Você perdeu o baço.

Profundamente chateado por ter perdido um pedaço do próprio corpo, Dornelas fechou os olhos.

Reabriu ao chegar ao quarto.

A enfermeira manteve a porta aberta enquanto o enfermeiro empurrava a maca quarto adentro e a posicionava no lugar correto.

Dornelas foi conectado aos aparelhos de monitoramento, aos quais permaneceria ligado por muitos dias. A bolsinha de soro, presa ao suporte, pingava, gota a gota, soro e remédios em sua veia.

— Você pode me dar outro copo d'água? — pediu à enfermeira.

Ela prontamente serviu outro copinho de uma garrafa de água mineral e entregou a ele com a instrução:

— Beba devagar para não engasgar.

O copinho foi esvaziado rápido.

— Preciso voltar para casa daqui a pouco — disse Dulce. — Neide tem de voltar para a casa dela.

— A que horas chega Solano? — perguntou o marido.

— A qualquer momento. Assim que ele chegar, eu saio.

★

O investigador apareceu pouco depois das 20h, os olhos fundos, abatido.

Assim que entrou no quarto, higienizou as mãos com álcool em gel, cumprimentou Dulce, foi ter o chefe e disse:

– Que bom que o senhor está bem, doutor. Ficamos todos muito preocupados.

Mesmo convalescente, Dornelas não foi capaz de domar a própria curiosidade, concentrou-se em falar e sussurrou:

– Conte tudo.

Dulce, que estava sentada no sofá, ficou de pé e disse:

– Vocês dois tem muito o que conversar. – Se aproximou da cama, beijou o marido nos lábios e completou: – Vou para casa. Helena me espera e a Neide precisa ir para casa dela. Volto amanhã de manhã, assim que eu acomodar a situação por lá.

Dulce e Solano despediram-se.

O investigador jogou a mochila no canto do sofá, se ajeitou na poltrona ao lado da cama e começou a contar sua versão da história.

Capítulo 20

— O senhor não quer descansar, doutor?

Dornelas fez que não com a cabeça. Solano encolheu os ombros, não quis contrariá-lo, e começou:

– Bom, foi uma bagunça. Os caras pegaram a gente no corredor. Não deu tempo de reagir. Estávamos desarmados.

O delegado nada disse, mas pensou: *melhor assim.*

Solano prosseguiu:

– Depois de um tempo que nos prenderam e pediram o meu canivete suíço, ouvi a voz do Claudio chamando o senhor. Ele estava fora da delegacia. Como o senhor não respondia e a porta da delegacia estava trancada, resolveu ligar no seu celular.

– Lembro disso – sussurrou o chefe. – Os tiros, quem disparou?

– Os investigadores do delegado Miranda chegaram e se depararam com a mesma situação. Ao tentarem a porta dos fundos, deram de cara com dois dos bandidos no estacionamento. Mataram um e renderam o outro.

Intimamente Dornelas agradeceu o delegado Miranda por não ter respeitado o que haviam combinado, dos seus policias ligarem para que encontrassem longe da delegacia. *Não fosse isso...*

– E o sujeito na sala comigo, o número um, acertei o tiro?

– Em cheio, doutor. Mais um CPF cancelado.

Pelo menos isso, pensou o delegado, saboreando uma amarga vingança.

– O depoimento do rapaz que foi rendido – murmurou Dornelas e fechou brevemente os olhos. O cansaço dava os primeiros sinais.

— Chego lá. Primeiro, os investigadores de Marealto entraram na delegacia e soltaram a gente. Eu e a Jaque corremos para ver como o senhor estava, pois ouvimos dois tiros vindos da sua sala. — Solano fez uma breve pausa e balançou a cabeça antes de completar: — Um horror. Havia sangue para todos os lados.

— Obrigado por tudo. Agradeça a Jaque também.

— Não esquente com isso, doutor.

Solano pousou a mão no braço do chefe. Os olhos do delegado se anuviaram com lágrimas. Para não se deixar cair em sentimentalismos, mudou o rumo da conversa e perguntou:

— E o anel?

— Como fui o primeiro a chegar à sua sala, eu o vi no chão e o enfiei no bolso. Depois que a ambulância chegou, guardei-o no cofre das armas, junto da Winchester. Demorei para encontrar o molho de chaves. Estava pendurado na gaveta de chocolates.

Dornelas abriu um leve sorriso e, com um discreto movimento da mão, instruiu o subordinado a prosseguir.

O investigador captou a mensagem e foi adiante:

— Arrumei a tomada e pus o arquivo no lugar.

— E o DEIC? — murmurou o delegado.

— Vou contatá-los amanhã. Pretendo seguir a ideia do senhor de retirarem o anel conosco.

O chefe levantou o dedão no ar e disse:

— E o depoimento?

— O senhor não vai acreditar. — Um breve silêncio, que Solano resolveu preencher: — O sujeito entregou o tal Leandro Conceição, o Bibi, como sendo quem os contratou.

Dornelas arregalou os olhos e perguntou, a curiosidade sugando mais energia:

— Duas quadrilhas viraram uma?

— Sim, senhor.

— Vocês o pegaram?

— Na casa dele. Lotufo usou o mandado de prisão que o senhor conseguiu com o juiz Souza Botelho.

Uma pausa. O chefe franziu o rosto e pediu, num fio de voz:

– Por favor, suba o encosto da cama.

Solano ficou de pé num salto, procurou o controle na lateral da cama e acionou um botão. Um zumbido elétrico e o encosto foi elevado. Dornelas agradeceu. O investigador voltou à poltrona e prosseguiu com a explicação:

– O Bibi comprava as joias roubadas vindas de São Paulo. Ele as revendia a estrangeiros aqui em Palmyra.

Dornelas sentiu-se mais confortável sentado, mais animado. Talvez por isso, mais acordado e atento ao papo. Perguntou:

– Como? Para quem?

– Ele repassava as joias aos seus contatos que, na verdade, vinham como passageiros nos navios de cruzeiro que volta e meia aportam por aqui. O produto do roubo saía por mar. Quem ia suspeitar de turistas estrangeiros circulando pela cidade? A engrenagem funcionava muito bem.

– O novo caminho do ouro – murmurou Dornelas, mais para si mesmo do que para Solano.

– O que, doutor?

– Deixa para lá – Dornelas se ajeitou na cama, sentiu uma primeira pontada de dor e prosseguiu: – Por que ele contratou capangas para eliminar seus próprios fornecedores?

– Com o sucesso da empreitada, ele reclamou que o pessoal de São Paulo passou a cobrar preços extorsivos. Para não perder o negócio e aumentar os lucros, resolveu criar uma operação paralela para eliminar os atravessadores.

– Engenhoso. Vocês conseguiram prender algum turista?

– Ainda não. O Bibi deu o nome de dois que estão registrados no navio ainda aportado na baía. A Jaque conseguiu os mandados de prisão com o juiz e contatou o navio. Parece que ambos estão foragidos.

– E o atirador de elite?

– Gente dele também, um ex-policial federal demitido por insubordinação no ano passado.

– E?

– Passei o nome para o doutor Protásio.

– Ótimo.

A porta se abriu e uma copeira entrou com uma bandeja.

– Boa noite. Este é o jantar do acompanhante.

– Pode colocar ali, por favor – disse Solano. – Obrigado.

– E o meu? – perguntou o delegado, a fome avivada pelo aroma vindo da comida de Solano.

– Não tem nada para o senhor – respondeu a copeira, que deu meia-volta e saiu.

Dornelas voltou-se novamente para Solano.

– Deu tempo de assistir aos vídeos da câmera de segurança do quiosque?

– Ainda não. Farei isso amanhã.

– Ótimo. – O delegado tomou fôlego e disse, devagar: – Se tiver alguma coisa ali, aposto que vai ser a placa do carro e o rosto desse atirador de elite. Vai dar mais base jurídica para o Protásio enquadrar o sujeito.

– Acho o mesmo que o senhor.

O delegado encheu e esvaziou os pulmões de ar num longo suspiro. Sentiu-se pesado, o corpo uma armadura estranha, e disse:

– Cometi um erro nisso tudo.

– Qual, doutor?

– Não levei a imprevisibilidade em consideração.

– Como assim?

– Ninguém podia prever que a gangue pudesse atacar o hotel do Everaldo, muito menos roubar seu corpo do IML de Marealto. Eu devia ter considerado esse fator, que eles poderiam nos atacar de uma hora para outra, sem previsão alguma. Foi o que aconteceu.

– Não se culpe por isso, doutor – disse Solano de modo condescendente.

Não teve jeito. Dornelas culpou-se pelo erro. Mas o peso sobre os próprios ombros não foi tão grande, dado que ele foi o único a pagar um preço por isso. *Ainda bem*, concluiu.

– Então é isso – disse o delegado, em desabafo.

– Até agora, é isso, doutor.

– Belo trabalho.

– Para todos nós.

– Vá, coma logo seu jantar. O cheiro da comida está me deixando maluco. Vou descansar um pouco.

Solano puxou a bandeja para si e fez o que Dornelas mandou.

★

A noite transcorreu como qualquer noite num hospital, com diversas interrupções até o dia raiar.

Às 8 em ponto, Solano foi para a delegacia a mando do chefe. Ele seria mais útil lá do que perdendo tempo num quarto de hospital.

O cirurgião passou às 8h30 e não adicionou nenhuma novidade ao que Dulce havia contado na noite anterior. A perspectiva de alta em poucos dias estava fora de questão. Dornelas havia atravessado a linha que separa a vida da morte e voltado pelo que foi considerado um milagre.

O quadro exigia que ele permanecesse sob os olhos do médico por pelo menos quinze dias.

Conformado, ligou a televisão assim que o cirurgião saiu e se deu a assistir no noticiário versões que considerou bem mais dramáticas do que o que realmente ocorrera na delegacia de Palmyra.

★

Depois de uma soneca deliciosa e sem compromisso, ainda com a TV ligada, às 9h30 um enfermeiro entrou no quarto, higienizou as mãos e disse:

– Bom dia, senhor... – o sujeito leu o prontuário na prancheta sobre a mesa da entrada –, Joaquim Dornelas.

– Bom dia – devolveu o paciente.

— Meu nome é Elvis. Vim trocar o seu curativo e ministrar o antibiótico.

— Elvis? — perguntou Dornelas, curioso. — Alguma coisa a ver com Elvis Presley?

— Tudo a ver. Meu pai adorava o Elvis Presley, a voz, as músicas.

— Adoro o Elvis Presley.

— Eu também — disse o enfermeiro, entusiasmado. — O homem era um gênio. Pena que morreu tão cedo.

— Que música dele você mais gosta?

— São tantas.

— Adoro *My way* — disse Dornelas. — A interpretação do Elvis supera em muito a de Frank Sinatra.

— Estou com o senhor. Podemos olhar o curativo?

— Claro — Dornelas afastou o lençol que o cobria até a cintura, levantou a camisola e lançou a sugestão: — Você tem um celular aí?

— Tenho sim, senhor.

— Pode colocar *My way* para tocar?

O enfermeiro abriu um sorriso de satisfação, puxou o celular do bolso, buscou a música em uma *playlist* e apertou o *play* para a voz aveludada de Elvis Presley encher o quarto enquanto trocava o curativo do seu paciente.

★

O ponteiro do relógio firmou em 10h05 quando ele estacionou o carro no Clube Militar de Tiro Desportivo, na Avenida Beira mar, 200, Centro do Rio de Janeiro.

Desceu do veículo, bateu a porta, abriu o porta-malas e tirou o *case* Pelican; trancou o carro, foi à recepção, deu bom dia para Marta, a responsável naquela manhã e tomou seu lugar na raia de tiro de número 3.

Abriu o *case*, tirou as partes do fuzil, juntou-as uma a uma até a arma estar pronta para ser usada e colocou-o montada na mesinha ao lado. Da mochila a tiracolo, puxou os óculos de lentes antirreflexo, o protetor auricular e vestiu ambos. Em seguida, tirou uma caixa de munição no bolso lateral.

Estava tão concentrado nos procedimentos aos quais se acostumara em anos de treino, que sequer se deu conta dos dois policiais federais que se aproximaram por trás e estacaram ao seu lado.

Um deles puxou uma pistola do coldre enquanto o outro disse de modo grave:

– Alberto Siqueira Freitas?

O homem largou a caixa de munição sobre a mesa, ao lado da mochila e da arma, voltou-se para seu interlocutor e respondeu:

– Sou eu.

– O senhor está preso pelos assassinatos de Everaldo dos Santos e Antonio Leôncio Alves, na cidade de Palmyra. Por favor, queira nos acompanhar.

O policial então tirou um par de algemas presas ao cinto e envolveu-as nos pulsos de Alberto, que, atônito, não reagiu. Ao vê-lo algemado, seu companheiro guardou a pistola no coldre e recolheu os pertences sobre a mesa: arma, mochila e munição. Tirou o protetor auricular e os óculos de Alberto e guardou-os na mochila. Desmontou o fuzil e guardou as partes no *case*.

Caminharam até o carro estacionado ao lado do seu.

Um deles guardou os objetos no porta-malas enquanto o outro conduziu Alberto ao assento traseiro.

Ao entrar no carro, o policial no banco do passageiro fez uma ligação no celular e disse assim que o chefe atendeu:

– Nós o prendemos, doutor Protásio.

– Ótimo – disse o Diretor Geral da Polícia Federal. – Sigilo absoluto daqui para frente.

★

Dulce chegou em torno das 11h, deu um beijo no marido e contou da situação em casa. Depois de colocar Dornelas a par dos fatos corriqueiros, postou-se ao lado da cama, fincou os olhos nele e disse, firme:

– Precisamos conversar.

Dornelas a encarou e, com um olhar divertido, rebateu:

– Você tem certeza de que quer fazer isso aqui?

– Por que não?

– Veja a minha situação – apontou para o próprio corpo. – Quer saber mais, acabei de assistir na TV uma coisa muito interessante. A Universidade da Califórnia fez um levantamento com 1.000 homens entre 34 e 60 anos e descobriu que a apreensão deles após ouvir a frase *precisamos conversar* da boca da parceira ultrapassou o sedentarismo e a obesidade como causas de doença cardíaca.

– Tá de brincadeira, né!

– Não, é sério. Mas antes de a gente conversar, quero te fazer uma pergunta que tenho certeza nunca fiz.

Dulce agarrou a cintura com as mãos e desafiou:

– Qual?

– Quer casar comigo?

Nota do Autor

Antes mesmo de terminar de escrever *Pedra bruta*, o terceiro livro protagonizado pelo delegado Dornelas, tive a ideia de colocar um crime no carnaval de Palmyra, a cidade que é e não é Paraty, e que carrego na mente e no coração.

O título veio logo em seguida e muito antes da estória.

Assim como nos livros anteriores, a trama foi construída tendo como base três pilares: o crime, o título e a evolução do Dornelas como delegado, pai e marido.

Desejo que você tenha gostado da leitura tanto quanto eu gostei de escrevê-la.

No entanto, para poder dar cabo desse empreendimento, contei com a participação de amigos e profissionais que não pouparam esforços em ajudar sempre que uma dúvida surgia.

A estes, seguem meus sinceros e profundos agradecimentos:

Ao Dr. Caudio Henrique de Assis Lopes, Delegado de Polícia de São Paulo, conhecido como Delegado Cláudio, pela disposição em me colocar a par de procedimentos legais, policiais e, inclusive, na correta adequação do texto à nomenclatura usual do ramo. Agradeço, inclusive, pela visita que fiz à delegacia que ele comanda, uma experiência que contribuiu em muito para o desfecho desse livro.

A Talita Zerbini, Médica Legista do Instituto Médico Legal do Estado de São Paulo, por dividir seu conhecimento e experiência, o que deu ainda mais profundidade à personagem da dra. Dulce.

Ao Sérgio Ricardo Monteiro, sócio-proprietário da Armaria São Paulo, pelas detalhadas explicações sobre fuzis e seus efeitos, assim como marcas, calibres e munições.

A dra. Priscila Borelli Baptista Sapienza, Perita Criminal do Instituto de Criminalistica do Estado de São Paulo e Professora de Balística Forense na Academia de Polícia da Polícia Civil do Estado de São Paulo, pelas extensas explicações sobre questões técnicas de análise balística, o que tanto enriqueceu o personagem do Chagas.

Ao Antonio Cabral, meu grande e fraterno amigo, pelos prazerosos papos sobre filosofia, livros e filmes, o que me deu estofo e coragem para mergulhar de cabeça no universo literário.

Ao meus queridos irmãos Joca e Patricia, pelas dicas na trama e correções no texto.

Ao amigo Steven Mazzetti, profundo conhecedor de tramas policiais, pela disposição em procurar falhas na trama.

E por último, mas não menos importante, à Suzy, minha mulher e companheira de todas as horas, pela paciência e amor em compreender a importância desse ofício na minha vida.

Esta obra foi composta em Goudy Old Style
por Editora Bússola em maio de 2020